꽃과 나비

꽃과 나비

1판 1쇄 2020년 3월 10일
1판 3쇄 2022년 4월 10일

지은이 민경혜

펴낸이 모계영 펴낸곳 가치창조
출판등록 제406-2012-000041호
주소 서울시 종로구 사직로 8길 34, 1104호(내수동, 경희궁의아침 3단지 오피스텔)
전화 070-7733-3227 팩스 02-303-2375
이메일 shwimbook@hanmail.net
ISBN 978-89-6301-189-9 43810

가치창조 공식 블로그 http://blog.naver.com/gachi2012
단비청소년은 가치창조 출판그룹의 청소년책 전문 브랜드입니다.

꽃과 나비
민경혜 지음
단비청소년

차례

1 춘희 _ 나비 날다 · 9

2 희주 _ 장례식장 가는 길 · 17

3 춘희 _ 희망을 품고 떠난 길 · 24

4 희주 _ 우리의 우정 · 37

5 춘희 _ 피지 못한 꽃 · 47

6 희주 _ 첫사랑과 우정 그리고 용서할 수 없는 미움 · 61

7 춘희 _ 돌아갈 수 없는 곳 · 73

8 희주 _ 우리가 가진 비밀 · 93

9 춘희 _ 봄날 · 101

10 희주 _ 벚꽃 추억 · 111

11 춘희 _ 떠나보낸 친구 · 119

12 희주 _ 증인 · 133

13 춘희 _ 기다림의 시간 · 140

14 희주 _ 고백 · 147

에필로그 · 154

작가의 말 · 156

1 춘희 / 나비 날다

나는 나비가 되었소.
살랑 부는 바람에도 휘청거리는 연약한 날개를 가졌소만,
이리 꽃향기 따라 날아오를 수 있으니 그것으로 되었소.
한 많은 삶 훌훌 털어 버리고,
나 이제 한 마리 나비가 되어 저 하늘 위로 훨 날아오르오.

어디 보자, 내 나이가 몇이던가.

아흔넷이던가, 아니 다섯이었던가. 그냥 그쯤 되었을 게다. 거참 질기게도 살았다. 질기고도 질긴 목숨 줄이었다. 이제야 아흔 해 넘도록 나를 가두었던 내 껍데기는 한 줌 재가 되었다. 이리 그저 머물다 가는 삶이거늘. 내 삶은 왜 그리도 내게 모질었던가.

그래, 내 전생에 지은 죄 이리 갚고 떠나니, 어찌 다음 생엔 좀 나은 삶을 주시겠는가.

내 몸이 한 줌 재가 되어 바다에 뿌려지던 날, 용궁사를 끼고 있는 바다는 파도 없이 잔잔했다.

"어무이요. 좋은 곳으로 먼저 가 편히 쉬고 계시소. 우리 어무이 그간 고생 많으셨소."

복규의 손에서 내 뼛가루가 흩날린다. 한 줌 재로 변한 내 육신이 복규의 손가락 사이로 다 흩어져 사라졌다. 복규는 한동안 바다를 바라보고 서 있었다. 주름진 얼굴과 거뭇거뭇한 검버섯이 핀 얼굴. 내 아들 복규의 그 얼굴 위로 눈물이 타고 흘렀다.

'아가, 울지 마라. 복규야, 내 아가. 어미가 미안하다. 우리 다음 생에선 더 수월히 만나자.'

나는 복규의 굽은 등을 연약한 날개로 품어 안았다.

1951년 겨울.

나는 철길을 따라 그저 걷고 있었다. 나뿐만이 아니었다. 모두가 그저 걷고 있었다. 앞을 보며 걷고 땅을 보며 걷고 하늘을 보며 걷고 뒤돌아 눈물을 훔치며 걸었다. 살 길인지 죽을 길인지 알 수 없었으나 그저 살겠다고 걸었다. 남쪽으로 향하는 철길 위로 그저 걷는 것 외에는 달리 할 수 있는 일이 없었으니까.

전쟁 통이었다. 아니, 생지옥이었다.

사람들은 그저 살겠다고 여기저기 널브러진 시체를 타 넘으며 걷고 또 걸었다. 그나마 나는 내 몸뚱이 하나였다. 달구지에 어린 아이를 싣고 걷는 이도 있었고, 등에 업고 두 손으로 잡고 끌며 모두가 그렇게 제 새끼를 붙들고 걸었다.

얼마나 걸었을까. 화물 기차가 철로 위를 지나갔다. 빠르지도 느리지도 않은 속도로. 화물 기차엔 객실도 짐칸도 따로 없었다. 어떻게든 살아 보려는 사람들이 기차에 덕지덕지 붙어 매달려 있었다. 떨어지지 않으려고 광목천으로 제 몸과 가족의 몸을 똘똘 감아 기차에 꽁꽁 메었다. 어떻게든 빨리 남쪽으로 가야 했으니까.

기차가 지나갈 동안 잠깐 철로 곁으로 비켜섰던 사람들이 급히 다시 걷기 시작했다. 기차를 타고 먼저 간 사람들을 보니 더디 걷는 사람들의 마음이 더 조급해졌다.

"에구머니나!"

아이 하나를 업고 앞서가던 아주머니가 소스라치게 놀라 잠깐 멈칫하더니 다시 걷기 시작했다. 아무것도 못 본 양 그저 다시 앞만 보며.

내 나이쯤이나 되었을까. 어린 새댁이 철로 위에 쓰러져 있었다. 조금 전 지나친 기차에서 떨어져 머리가 깨진 모양이었다. 아직 숨이 끊긴 것 같지는 않았으나 살기도 힘들어 보였다. 안타까웠지만 나도 그저 못 본 척 그 곁을 지나쳤다. 살아 있는 사람, 죽어 있는 사람, 죽어 가는 사람을 구분하지 못 할 그곳은 정말이지 모두에게 지옥이었으니까.

"끄……음."

죽어 가던 새댁이 신음을 내며 조금씩 움직여 기어와 막 스쳐 지나는 내 치맛자락을 붙잡았다. 머리에서 흐르는 피가 얼굴을 뒤덮고 있었는데 흐르는 핏물 사이로 나는 그만 그녀의 눈을 보고야 말았다.

눈과 눈의 마주침. 찰나의 소통. 그것이 전부였다. 곧 숨이 끊길 듯 헐떡거리던 그 새댁은 내 치맛자락을 붙잡은 채 옆으로 시선을 돌렸다.

아이였다. 제 어미가 죽어 가는 줄도 모르고 울기도 지쳤는지 그저 앉아 훌쩍이던 아이. 새까만 눈동자로 나를 올려다보던 아이. 내가 다가가 그 아이를 품에 안자 그이는 그제야 눈을 감았다. 그리고 붙잡고 있던 내 치맛자락도 놓아 주었다.

그 아이가 복규다.

전쟁 통에 부모를 잃은 아이들이 숱했다. 목이 쉬어라 울어 대는 아이, 먹을 것을 달라고 들러붙는 아이, 어딘지도 모르고 그저 사람들을 따라 울며 걷는 아이.

그리고 내 아이가 된 복규.

나는 이름을 알 수 없는 그 아이를 복규라 불렀다.

「김복규」

진짜 복규는 내 하나뿐인 남동생 이름이었다. 내가 고향을 떠나올 때, 딱 열 살이 되었던 아이. 이다음에 크면 누이한테 장가를 들겠다던 철모르던 아이. 제 어깨보다 더 높게 나무를 해 오던 아이. 그 안에 오밀조밀 꽃을 꺾어다 주던 아이. 그 아이 이름이 복규였다.

내 이 몸으로 고향에 돌아갈 수 있을까 수백 번 수천 번을 고민했을 때, 나는 복규를 안아 보고 싶었다. 그 아이를 내 한번 안아 보기를 소원했지만 신은 그 소원마저 들어주질 않았다.

"복규야, 어머니 잘 보살펴 드려야 한다. 알았지?"

"누이야, 꼭 가야 하나?"

"어머니 약값도 벌고, 우리 복규 가죽신도 사 올게. 응?"

"누이야……."

복규는 시뻘게진 눈으로 하늘을 올려다보며 눈물을 삼켰다. 나는 그런 복규를 품에 으스러지도록 꼬옥 안아 주고는 뒤돌아보지 않고 길을 떠났다. 신발공장으로. 어머니 약값과 우리 복규 가죽신 살 돈을 모으러. 그저 몇 달만 그리하러 떠난 길이었다. 아버지 없이 버텨 내기가 너무 힘들던 하루하루였다. 그래서 겁 없이 그리 떠나게 된 것이었다.

아버지는 어느 날 밤에 들이닥친 일본놈들에게 끌려가 모진 고문을 당하고 돌아오셨다. 최 대감댁 일을 봐주었다는 이유였다.

최 대감님은 마을의 큰 어른이셨다. 대감마님은 모두가 굶주리는 이른 봄이면 곳간 문을 열어 곡식을 나눠 주셨다. 그리하지 않으셨더라면 진즉에 많은 이들이 굶어 죽어 나갔을 것이다. 안방마님 역시 노리개 하나 걸치지 않으셨지만, 용모뿐만이 아니라 그 마음 역시 무척 고운 분이셨다. 나라를 잃었는데 치장이 무슨 소용인가 하셨던 분. 그러면서도 우리 복규에게 도련님이 입으셨던 고운 옷을 내어 주시던 분. 그런 최 대감댁 도련님이 독립운동을 하신다 들었다. 몸이 아파 절에 들어가 계신다고 알고 있었지만, 사실은 중국 어딘가에서 독립운동을 하고 계신다고 했다. 물론 마을 사람 중 도련님이 어디서 무엇을 하며 지내시는지 아는 이도 있었겠지만, 그저 우리는 다 모르는 이들이었다.

아버지 역시 그저 모르는 이였을 것이다. 그런 아버지를 일본놈들은 무작정 끌고 가 온갖 고문을 해 댔다. 얼마 후 집으로 돌아오신 아버지는 며칠 사경을 헤매다 돌아가셨다. 약을 써 볼 틈도 없었다.

"춘희야, 애비가 미안하다."

아버지가 내게 남긴 말은 그저 미안하다는 말뿐이었다.

그 이후로 가뜩이나 병약했던 어머니마저 영 기운을 차리지 못하셨다. 살기 위해 복규와 나는 뭐라도 해야 했다. 복규가 남의 집 나무를 대신 해 오고, 내가 여기저기 일손을 도우러 다녔지만, 그것만으로는 입에 풀칠하기도 힘들었다. 이대로는 남은 식구가 더는 버티지 못할 것 같았다.

그러던 어느 날이었다.

"참말입니까? 가죽신을 만드는 공장이라고요?"

"그래. 아랫마을 꽃분이랑 너희 윗집 순이도 간다고 하더라. 춘희 너희 집 형편도 내 모르는 것이 아니라, 몇 자리 비었으니 너도 가서 돈이나 좀 벌어 오라고 말해 주는 거다."

"하지만…… 어머니가 저리 계셔서……."

"일단 너희 어머니 약값이랑 한동안 먹을 것은 내가 좀 꾸어 주마. 돈 벌어 와서 갚으면 안 되겠나?"

"참말입니까? 참말로 그리해 주시렵니까?"

"그래, 내 너희 아버지 그리되신 것도 마음이 너무 아프고……."

"감사합니다, 아저씨."

일본 순사가 된 춘삼이 아저씨가 가죽신을 만드는 공장을 소개해 준다고 했다. 병든 어머니와 어린 동생을 두고 가는 발걸음이 무거웠지만, 고무신도 아니고 가죽신을 만드는 곳이라니 어떻게든 그 기술을 배워 오면 나중에라도 돈이 되겠다 싶었다.

"그래, 그러면 춘희 너도 같이 가는 거로 알겠다. 내일모레 삼거리 양장점 앞에서 만나자. 차도 기차도 다 공짜로 태워 준다고 하더라."

"네. 그리할게요. 감사합니다. 아저씨."

나는 춘삼이 아저씨가 골목 아래로 내려가 사라질 때까지 허리를 굽혀 인사를 하고 또 했다. 아무리 일본놈 앞잡이 노릇을 한다고 하지만, 아버지 어릴 적 친구였으니까.

나와 윗집 순이, 아랫마을 꽃분이는 그렇게 약속되었던 그날 그 기차에 올라탔다. 희망을 품고 지옥의 길로.

그렇다. 우리와 함께 조선 처녀들이 도착한 그곳은 가죽신을 만드는 공장이 아니었다.

2

희주 / 장례식장 가는 길

"아휴, 형님. 그만하면 호상이죠. 전 지금 희주랑 출발해요."

오늘 새벽 부산 왕 할머니가 돌아가셨다.

왕 할머니가 급작스레 쓰러지셨다는 소식은 어제 늦은 저녁 시간에 걸려 온 부산 할아버지의 전화로 알게 되었다. 희주의 아빠는 바로 수저를 내려놓았다.

"아빠, 저도 같이 가요."

희주도 아빠를 따라나설 참이었다. 서둘러 의자에서 일어서는 희주의 옷깃을 엄마가 붙잡았다.

"얘, 넌 내일 학교 안 가니?"

"왕 할머니가 쓰러지셨다잖아. 어떻게 학교에 가?"

"지금 병원에 가셨다니 좋아지실 거야. 그럼 주말에 가서 뵈면 돼."

"엄마가 의사야? 응? 엄마는 왕 할머니 걱정도 안 돼?"

"얘, 너 지난주에도 부산 다녀왔어. 학원도 다 빠지고. 벌써 잊었어?"

희주가 엄마와 실랑이를 벌이는 사이, 아빠는 차 열쇠를 챙겨 현관을 나섰다.

"희주야, 왕 할머니 괜찮으실 거야. 너무 걱정하지 마. 아빠가 가서 보고 전화할게. 알겠지?"

희주는 입을 쑤욱 내민 채로 어쩔 수 없이 고개를 끄덕였다. 그리고 아빠가 현관을 나가자마자 방으로 쏙 들어가 방문을 쾅 닫아 버렸다.

"김희주! 너 밥 안 먹을 거야?"

"안 먹어!"

희주는 엄마에게 소리를 빽 지르고는 침대 모서리에 걸터앉아 손끝을 물어뜯었다. 지난주까지만 해도 희주의 머리를 쓰다듬으며 희주의 이야기를 다 들어 주시던 왕 할머니셨다. 아흔이 훌쩍 넘은 나이지만 왕 할머니는 항상 맑았다. 이리저리 흘리고 다니고 정신없는 사십 대 엄마보다도 왕 할머니는 늘 정갈했다. 그런 왕 할머니가 쓰러지셨다니. 희주는 밤새 마음이 쓰였다.

"희주야, 일어나. 어서."

"아 왜에? 지금 몇 시야?"

희주가 핸드폰을 열어 확인한 시간은 오전 여섯 시를 갓 넘긴 시간이었다.

"뭐야? 아직 일곱 시도 안 됐는데 왜 깨워? 아이참."

짜증을 내며 이불을 끌어당기는 희주에게 엄마가 말했다.

"저기…… 희주야……, 부산 왕 할머니…… 돌아가셨대."

"뭐?"

희주는 벌떡 일어났다. 그러고는 세수도 하지 않은 채 옷을 갈아입고 핸드폰을 챙겨 서둘러 엄마를 따라나섰다. 엄마는 희주의 눈치를 보고 있었지만, 희주는 엄마에게 화를 내는 것조차도 잊었다. 어제 아빠를 따라갔어야 했다. 엄마 말을 듣는 것이 아니었다. 이번에도 엄마가 틀렸다. 하지만 이제 와 누구를 탓할까? 희주는 왕 할머니의 마지막을 지키지 못했다. 가슴이 저릿저릿했다. 희주는 운전하는 엄마의 뒷좌석에 타고 창문을 내렸다. 이른 봄의 새벽바람은 아직 차가웠다.

지난주, 학교에서 돌아온 희주는 다짜고짜 엄마에게 부산에 다녀오겠다고 했다.

"뭐? 어딜 간다고? 부산에? 도대체 왜?"

“왕 할머니 보고 싶어서.”

“어머, 얘 좀 봐. 얘, 너 주말에 학원 보충 있잖아. 어쩌려고?”

“어차피 가면 문제집 푸는 거야. 미리 다 해 놓으면 돼.”

“김희주, 너 정말…… 후우…….”

엄마는 하려던 말을 멈추고는 한숨을 내쉬었다. 뒤늦게 사춘기가 찾아와 이제 정점에 이른 희주에게 지금, 이 감정으로 말을 이어 봐야 모녀 간 전쟁일 뿐이니까.

“그래, 네 맘대로 해. 근데, 엄만 못 가. 아니, 안 가. 아빠한테 태워 달라고 하든지 네가 알아서 해.”

“응, 걱정하지 마. 기차 타고 갈 거야.”

“뭐라고? 어머어머. 얘가 정말…….”

엄마의 입이 다물어지지 않는 것을 본 채 희주는 방으로 들어와 문을 잠갔다.

‘나도 이제 열일곱이야. 기차 타면 세 시간도 안 걸리는데 뭐.’

희주는 컴퓨터를 켜고 기차표를 찾았다. 내일이 주말이라 걱정이 되었지만, 다행히 부산으로 가는 기차는 좌석이 남아 있었다. 희주는 망설이지 않고 표를 예매했다.

그렇게 희주가 부산 할아버지 댁에 도착했을 때, 왕 할머니는 툇마루에 앉아 이른 봄의 볕을 쬐고 계셨다. 왕 할머니의 맑은 눈동자가 저 하늘의 구름을 보는 것인지 저 아래의 바다를 보고 있는 것인지는 알 수 없었다. 희주는 차분히 앉아 있는 왕 할머니의 단아하게 올린 쪽 찐 머리가 참 보기 좋다고 생각했다.

"왕 할머니~."

왕 할머니는 대문 안으로 들어선 희주를 웃으며 바라봤다. 마치 희주를 기다리고 있기라도 했던 것처럼.

"누고? 희주가? 니가 여기 어쩐 일이고?"

희주 목소리에 깜짝 놀란 할아버지가 방문을 열고 나오셨다.

"안녕하셨어요? 왕 할머니 보고 싶어서 왔어요."

"아이고, 근데 니 혼자 여길 온 거가?"

"네. 그럼요."

"아이고. 니 여가 어디라고 혼자 오노? 가스나가 세상 무서운 줄 모르고."

"할아버지, 김희주 나이가 몇인 줄 아세요? 벌써 열일곱 살이라고요, 열일곱. 그러니까 옛날 같음 시집을 가서 애를 낳아도……."

"허허허 요 녀석. 말이나 못 하믄."

희주는 할아버지를 향해 눈을 찡긋하고는 신발을 벗어던지고 왕 할머니 무릎 곁에 모로 누웠다. 왕 할머니는 희주의 머리를 쓰다듬었다. 희주는 이 순간이 가장 편안했다. 왕 할머니의 쭈글쭈글하고 거친 손이 그저 조용히 머리를 쓰다듬어 줄 때, '괜찮아, 희주야. 다 잘될 거야.'라는 주문이 들리는 것 같았다.

"밥은?"

"이따가 할머니한테 가서 국밥 한 그릇 먹고 올래요. 지금은 배 안 고파. 기차에서 먹으면서 왔어요."

"여기가 어디라고. 이리 겁도 없이 왔누."

왕 할머니는 나무라는 듯했지만, 희주는 안다. 왕 할머니는 그저 희주를 걱정하고 아낀다는 것을.

희주는 어려서부터 왕 할머니를 잘 따랐다. 이유는 따로 없다. 그저 왕 할머니와 함께 있으면 마음이 편했다. 부산에서 나고 자란 희주가 아빠 사업 때문에 서울로 이사를 온 후, 희주는 단 한 번도 부산의 바다가 그리웠던 적이 없다. 그저 늘 왕 할머니가 그리웠다. 왕 할머니는 희주의 바다였으니까. 그런 왕 할머니가 돌아가셨다. 희주는 손끝을 깨물었다.

"윙~."

핸드폰의 진동이 울렸다.

"누구니? 이 아침부터."

엄마의 물음에 대꾸하지 않고 희주는 핸드폰을 열어 보았다.

「희주야, 오늘 꼭 만나자. 나 너한테 할 말이 있어.」

희주는 은채가 보낸 메시지를 읽었지만 대답하지 않았다.

'나쁜 년.'

엄마가 이른 아침의 고속도로를 달리는 와중에도 은채의 메시지가 여러 차례 도착했지만, 희주는 입을 앙다문 채로 답하지 않았다.

"엄마, 도대체 얼마나 남았어?"

"보채지 마. 곧 도착해."

차가 병원 장례식장에 들어설 때, 병원 입구에 심어진 벚나무에 꽃이 활짝 피어 있었다.

'어라? 그새 부산은 제법 꽃이 피었네.'

희주는 할아버지 댁 마당의 벚나무를 떠올렸다. 그 나무에도 꽃이 피었을까? 왕 할머니는 올해 그 꽃을 보셨을까?

3

춘희／희망을 품고 떠난 길

꿈인 줄 알았지.

흠뻑 땀을 흘리고 목구멍에서 터져 나오지 않는 소리를

내지르는 무서운 꿈.

그 꿈에서 벗어나려고 아무리 발버둥을 쳐도

깨어날 수가 없었어.

나는 왜 이런 꿈속에 들어왔을까.

내 전생에 무슨 죄를 그리 많이 지었을까.

신께 매일같이 빌었어.

내 죄를 제발 용서해 달라고.

그리고 이제 제발 이 꿈에서 깨어나게 해 달라고.

"춘희야, 나는 저 구두보다 더 예쁜 것을 만들어 신을 거야."

그날, 타지 말았어야 할 기차를 타러 가던 날, 삼거리 양장점 앞에서 만난 순이가 양장점 안을 들여다보며 말했다.

"너는?"

"나? 나는 우리 복규 신사 구두 만드는 기술을 배워 와야지. 그래서 철마다 반짝이는 새 구두를 만들어 줄 거야."

"춘희야, 우리 가서 돈 많이 벌어 오자. 돈 많이 벌어 와서 이 양장점서 '모던껄'들 입는 옷도 한 벌씩 맞춰 입고. 어때?"

"모던껄?"

"응. 우리라고 저런 멋쟁이 모던껄이 되지 말란 법 있니?"

당시 내가 살던 개성엔 이제 제법 많은 모던껄과 모던뽀이들이 거리를 오가고 있었다.

순이는 마치 양장점에 걸린 옷과 구두를 걸치기라도 한 것처럼 치마저고리 한쪽을 엄지와 검지로 살짝 잡고는 엉덩이를 씰룩거리며 모던껄의 걸음을 흉내 내었다.

"어때? 모던껄 태가 좀 나니?"

순이의 그 모습을 보며 나는 한참을 웃었다.

'그래, 가서 돈 많이 벌어 오자. 우리 복규 모던뽀이처럼 입히고 학교도 보내 주고.'

몸져누워 있는 어머니와 억지로 눈물을 삼키던 복규가 눈에 밟

혔지만, 나는 그곳에서 몇 달만 고생하고 오면 모든 게 지금보다는 나아지리라는 꿈을 꾸었다.

그 꿈이 문제였을까? 그저 남의 집 나무나 대신 해다 주는 복규를 모던뽀이로 만들어 주고 싶었던 꿈. 내가 너무 허황된 꿈을 꾼 것이었을까? 그 꿈을 가진 탓에 나는 깨어나지 못하는 악몽 속으로 그렇게 빨려들었던 것일까? 나는 그저 착하디착한 내 동생 복규에게 좋은 옷 한 벌 입혀 보고자 했을 뿐인데. 내 꿈이 그리도 잘못이었단 말인가.

순이와 나는 그렇게 실없는 이야기를 나누며 트럭에 올라탔다. 모두가 그런 꿈을 하나씩은 꿀 앳된 처녀들이었다. 트럭을 타고 한참을 달려 우리는 기차를 갈아탔다. 순이와 내가 타고 있던 칸엔 우리와 나이가 얼추 비슷해 보이는 이들이 꽤 타고 있었다. 하나씩 보따리를 꼬옥 안은 채로.

"근데, 저 아이는 왜 저렇게 계속 운다니?"

순이가 곁에서 속삭였다. 건너편에 쭈그리고 앉은 채로 보따리를 꼭 움켜쥔 여자애 하나가 쉼 없이 훌쩍이고 있었다. 그 아이는 얼핏 보기에도 우리보다 어려 보였다.

"얘, 그만 울어. 열심히 돈 벌다 보면 시간 가는 줄도 모를 텐데. 응?"

훌쩍이던 아이가 우리를 바라보았다.

"성, 성들은 우덜이 어데로 가는지 아는 겨?"

"가죽신 만드는 공장으로 가는 거잖아. 어쩜, 넌 여태 몰랐단 말이니?"

그 아이는 어머니 심부름으로 아랫마을에 가던 길이었다고 했다. 느닷없이 나타난 일본 순사들이 총칼을 들이대고 막무가내로 트럭에 태웠다고.

"엄니가 밤새 삯바느질한 겨, 이게. 이거 얼렁 가져다주고 품삯을 받아야 하는디……. 울 엄니가 시방 나를 엄청 찾고 있을 것인디……."

보따리가 무슨 보물이라도 되는 양, 품에 꼭 안으며 아이는 한동안 계속 훌쩍였다.

"정말? 그러니까 집에 말도 못 하고 기차를 탔다는 말이니? 아이고. 어쩜 좋아."

"에이. 너무 걱정하지 마. 어떻게든 소식이 전해졌겠지. 돈 많이 벌어서 돌아가면 돼. 얘, 그러니 인제 그만 울어."

"근데, 가죽신 만드는 공장이라고요? 나는 일본 군복 만드는 공장이라고 들었는데?"

"어? 나는 가발공장."

"저…… 저기……. 나, 나도 사실 어디로 가는지 몰랐어. 나도 그냥 집에 가는 길에……. 흑흑흑."

"아이참, 이 일을 어쩜 좋아. 그럼 도대체 지금 어디로 가고 있다는 거야? 응?"

"설마…… 우리…… 전쟁터에 끌려가는 건 아니겠지?"

"전쟁터? 말도 안 돼. 아니야, 아닐 거야. 설마 우리한테 총질을 가르치고 사람을 죽이라고 할까? 그건 아닐 거야. 우리가 어떻게……."

여기저기서 소녀들이 불안에 떨며 이야기했다.

"거기! 조용히 안 해! 죽고 싶지 않으면 당장 그 입 다물어! 당장!"

기차 칸 안에서 우리를 지켜보고 있던 일본군이 총검으로 바닥을 내리찍으며 소리쳤다. 우리는 모두 두려움에 떨며 고개를 무릎 안에 파묻었다. 그리고 깨달았다. 무언가 아주 잘못되어 가고 있다는 것을.

얼마나 달렸을까.

기차 칸 안에는 창문도 없었다. 쉬엄쉬엄 가는 기차가 몇 날을 달렸는지 가늠할 수 없었다. 기차 안에서 일본 군인이 우리에게 소금이 묻은 식은 보리밥을 한 덩이씩 나누어 주었다. 도무지 목구멍으로 넘어가지 않았지만 정신을 차리려면 어떻게든 그거라도 삼켜야 했다. 그렇게 보리밥 한 덩이를 침으로 불려 억지로 삼켜 먹으며 우리가 도착해 내린 곳은 낯선 중국 땅이었다.

"빨리빨리 움직여! 빨리빨리!"

우리는 다시 트럭으로 갈아타고 어디론가 한참을 달렸다.

"자, 다들 내려! 왜 이렇게 느려 터졌어? 빨리빨리 움직이라고! 어서!"

트럭은 외진 곳에 멈추었고, 일본 군인들은 사납게 굴며 우리를 허름한 막사로 이끌었다. 그들은 하나같이 날카로운 칼이 달린 총을 들고 서 있었는데, 그 칼끝이 여기저기서 햇빛에 번뜩였다. 온몸에 소름이 돋았다. 나는 두려움에 고개를 숙인 채 그들이 이끄는 대로 그저 발길을 옮길 수밖에 없었다.

우리를 멈춰 세운 막사 앞엔 기모노(일본 옷)를 입은 중국 여자가 있었는데, 군인들은 그녀를 오카미상(여주인)이라 불렀다. 오카미상은 우리를 줄 세워 작은 방으로 한 명씩 불러들였다. 한 명씩 방 안으로 들어갈 때마다 비명과 울음소리가 들려왔다. 그 소리를 듣고 있자니 내 가슴이 방망이질 쳤다.

어느새 내 차례가 되어 나는 쭈뼛쭈뼛 방으로 들어섰다.

"너! 옷 벗어! 빨리!"

"네? 여기서요? 옷을 벗으라고요? 왜, 왜요? 왜 이래요? 시, 싫어요! 싫다고요!"

"잔말 말고 벗어! 빨리!"

오카미상이 내 옷을 막무가내로 벗기기 시작했다. 내가 필사적으로 버티자 오카미상은 내 뺨을 수차례 때리며 결국 나를 실오라기 하나 걸치지 않은 알몸으로 만들었다. 그 모습을 뒤에서 일본 군인이 낄낄거리며 빤히 지켜보고 있었다. 나는 수치심에 고개를 들 수 없었다. 그렇게 시작되었다. 나의 끔찍한 악몽은.

오카미상은 내 몸을 구석구석 훑어보고는 허름한 원피스를 내 앞으로 던졌다. 나는 주섬주섬 그 옷으로 갈아입고 오카미상이 건넨 쪽지를 받아 들었다.

「미사키」

그곳에서 그들이 부른 내 이름이 적혀 있었다.

훌쩍이며 울고 있는 조선 처녀들 틈엔 어디서 왔는지 중국 소녀들도 몇 끼어 있었다. 일본 군인들은 우리를 모두 한 명씩 좁은 방 안으로 들여보냈다. 그리고 우리의 이름표는 방문 앞에 붙여졌다.

「미사키」

그 이름이 붙여진 좁은 방 안에는 삐걱거리는 나무 침대와 물이 담긴 작은 대야가 전부였다.

'아, 도대체 여기는 어디일까? 나는 이제 어떻게 되는 걸까?'

이곳이 구두공장이 아닌 것은 확실했다. 그리고 아주 몹쓸 곳이라는 것도. 나는 이 상황이 너무 두려워 그저 벌벌 떨고 있었다.

내 곁에서 얇은 칸막이로 나뉘어 갇힌 이들이 모두 그렇게 두려움에 흐느끼고 있었다.

"으아아악! 으아악!"

찢어지는 비명에 나는 후들거리는 다리로 겨우 기어가 문밖을 내다보았다.

"보내 줘요! 뭔가 잘못된 것 같아요! 나는 공장에 일하러 가는 길이었다고요! 그러니 제발 나를 보내 달라고요!"

순이였다. 순이가 방에서 뛰쳐나와 소리를 지르고 있었다.

"이런 건방진 년! 네 이년! 너 죽고 싶어? 죽고 싶지 않으면 얌전히 있어!"

일본군 하나가 도망치려는 순이의 머리채를 사정없이 잡아챘다.

"으악! 으아아악!"

순이는 머리채를 붙잡힌 채 질질 끌려가며 울부짖었다.

"야 이놈들아! 싫어! 싫다고! 날 보내 줘! 제발!"

순이는 끌려가지 않으려고 버텨 보았지만, 소용이 없었다. 커다란 군홧발이 순이의 배를 사정없이 걷어찼다. 결국, 악을 쓰며 버티던 순이의 사지가 축 늘어졌다.

순이는 그렇게 제 방으로 다시 끌려 들어갔다. 나는 그 모습을 두 손으로 입을 막은 채 그저 바라볼 수밖에 없었다. 나의 숨소리

조차 이 세상 소리가 아닌 듯했다.

'엄마…… 엄마…… 엄마, 제발 나 좀 살려 주세요. 너무 무서워요.'

번뜩이는 칼이 달린 총을 들고 지키고 서 있는 일본 군인들 틈에서 내가 할 수 있는 것이라고는 그저 마음속으로 엄마를 찾는 것뿐이었다.

"미사키!"

그때, 벌컥 문이 열리고 오카미상이 나를 끌어내었다.

"빨리 따라 나와!"

나는 주춤주춤 그녀를 따랐다. 그녀를 따라 걷는 나무 복도에서 삐걱삐걱 소리가 났다. 그 소리가 내 심장을 옥죄었다. 나는 두 손으로 귀를 막았다. 다닥다닥 붙어 있는 방을 한 칸 한 칸 지날 때마다 어린 소녀들의 울음소리가 벌어진 손가락 틈 사이로 계속해서 들려왔다. 나는 두 손으로 귀를 더 세게 틀어막았다.

오카미상은 나무 욕조가 딸린 방으로 나를 밀어 넣었다. 그러고는 다시 내 옷을 벗겼다.

"이년아, 넌 오늘 운이 아주 좋은 줄 알아."

벌벌 떨고 있는 내 몸의 구석구석을 씻겨 주며 오카미상은 한쪽 입꼬리를 삐죽 올리며 웃었다. 그 웃음이 무척 불안했다. 그녀는 내게 조금 더 깨끗한 옷을 내어 주었다. 그러고는 나를 옆에 딸린 작은 건물 안으로 데리고 들어갔다.

"어디……. 지금, 어디로 가는 거예요? 네? 저를 지금 어디로 데려가시냐고요? 네?"

"미사키. 이곳에서 넌 질문을 할 수 없어. 그러니 그저 잠자코 따라와!"

나는 두려움에 떨며 오카미상을 따라 널찍한 방 안으로 들어섰다.

"데리고 왔습니다. 이 아이는 미사키입니다. 오늘 온 아이 중 가장 쓸 만한 아이랍니다."

"그래? 수고했어. 음…. 좋아. 예쁘군. 아주 맘에 들어."

"감사합니다."

"그래. 넌 이제 나가 봐."

오카미 상은 번지르르한 군복을 입은 일본군 앞에 나를 세워 두고는 또 한 번 입꼬리를 삐죽 올리며 밖으로 나갔다. 나는 조심스럽게 고개를 들어 내 앞에 선 군인을 살펴보았다. 옷차림새를 보니 그는 다른 군인들보다는 좀 높은 사람인 것 같았다. 나는 단번에 그 앞에 무릎을 꿇고 애원했다.

"제발 살려 주세요. 저를 여기서 내보내 주세요. 부탁이에요. 뭔가 잘못된 것 같아요."

무릎을 꿇고 두 손을 모아 싹싹 비는 나를 흡족하게 바라보던 그가 말했다.

"살고 싶다고? 방법은 간단하다. 그냥 순순히 나를 따르기만 하면 된다. 어렵지 않지?"

그러고는 갑자기 허리띠를 풀고 바지를 내렸다. 다 큰 남자의 아랫도리를 본 적 없는 나는 비명을 지르며 눈을 가렸다.

"으아아악!"

"하하하하! 그렇지. 그래야 순결한 조선의 처녀지. 귀엽군. 아주 귀여워. 앞으로 우린 자주 만나게 될 것 같아. 하하하하하!"

그는 아랫도리를 벗은 채로 나를 삐걱거리는 나무 침대로 밀어 눕혔다.

"왜……. 왜 이러시는 거예요? 제발요, 제발 이러지 말아요! 안 돼요! 제발 살려 주세요! 제발!"

"미사키. 괜찮아, 괜찮다고. 겁먹지 말라고. 죽이지 않아. 금방 끝내 줄 테니 걱정하지 말라고!"

그는 내 옷을 억지로 벗겨 내고는 커다란 두 손으로 내 가슴을 움켜쥐었다.

"커어억…… 컥."

어찌 내게 이런 짓을 한단 말인가. 나는 온 힘을 다해 그를 밀쳐 내었다. 하지만 소용없었다. 그는 헐떡거리며 짐승처럼 달려들었다. 한 손으로 내 두 손을 잡은 채 내 몸에 올라탔다. 그의 무거운

다리가 나를 짓눌렀다. 숨을 쉴 수 없었다. 그리고 그의 나머지 한 손이 나를 더듬고 있었다. 온몸에 소름이 끼쳤다. 이대로 몹쓸 짓을 당하고만 있을 수는 없었다. 나는 있는 힘껏 그의 팔목을 물어뜯었다. 그의 살점이 뜯기고 피가 흘렀다.

"이런! 썅! 앙칼진 년 같으니라고!"

일본 장교의 커다란 손이 내 얼굴을 내리쳤다. 눈앞이 핑 돌았다. 나는 어떻게든 죽을힘을 다해 버텨 내려 했지만 나는 그저 깡마른 열일곱 살의 어린 계집일 뿐이었다.

"저리 가! 제발! 내게서 떨어지라고!"

비명과 함께 그의 얼굴에 침을 뱉었을 때, 커다란 손이 한 번 더 내 얼굴을 내리쳤다. 나는 벽에 머리를 부딪쳤고 그만 정신을 잃고 말았다.

'아, 제발 신이 있다면 저를 도와주세요.'

내가 정신을 차렸을 때, 그는 벗어던졌던 바지를 입고 허리춤에 총을 챙겨 넣고 있었다.

"미사키라 했나? 쯧쯧. 이런. 우리 미사키 예쁜 얼굴이 다 상했잖아. 그러니 다음번엔 좀 순한 양처럼 굴었으면 좋겠군."

그는 내 손에 일본 돈을 몇 장 쥐어 주었다.

뜨거운 눈물이 볼을 타고 흘러내렸다.

'엄마……. 나는 이제 어떻게 해. 엄마…… 엄마…….'

거칠게 짓밟힌 내 아랫도리는 피에 젖었고 속 깊은 곳에서 쓰라린 통증이 몰려 왔다. 하지만 아픈 상처는 몸에만 생긴 것이 아니었다. 그날 나는 그렇게 나를 잃었다.

그날 이후로 나는 미사키라는 이름이 걸린 방 안에서 밤낮으로 일본 군인을 받았다. 어느 날엔 하루에 스무 명도 다녀갔다. 침대 옆엔 그들이 던져 둔 돈이 쌓여 갔지만 내겐 그저 종잇장이나 다름없었다.

어느 날부터였던가. 나는 더는 반항하지 않았고 멍한 눈으로 그저 잠자코 누워 있을 뿐이었다. 달거리를 하는 날에도 그들은 다녀갔고 아랫배의 통증은 쉼 없이 몰려왔다. 내 온몸은 그렇게 지옥 불에 타들어 갔다. 그리고 나는 이제 다시는 신을 찾지 않게 되었다.

4 희주/우리의 우정

장례식장은 조용했다.

아직 친척들도 다 모이지 않았고 시장 상인들만 몇몇 눈에 띄었다. 희주는 어른들께 조용히 인사를 하고 왕 할머니 사진 앞으로 다가갔다. 사진 속에서도 춘희 할머니는 웃지 않고 있었다. 그런 왕 할머니의 사진을 보며 희주는 눈물 대신 엷은 미소를 지었다. 이상한 일이었다. 가슴 한구석이 찌릿하긴 했지만, 희주의 눈에선 눈물이 떨어지지 않았다.

'왕 할머니, 나의 춘희 씨……. 그때 그 사진 속에서 마지막 인사를 하고 계시네요.'

영정사진은 지난해 봄 부산 할아버지 댁 마당의 벚나무 아래에서 희주가 찍은 사진이었다.

"아이참. 춘희 씨~ 좀 웃어 보시라고요!"

희주가 갖은 아양을 떨어도 왕 할머니는 좀처럼 활짝 웃지 않으셨다.

"희주야~ 얼른 찍어 드려라. 왕 할머니 힘드셔."

"찰칵, 찰칵, 찰칵."

희주는 사진을 여러 장 찍고 난 후 뷰파인더를 확인했다.

"오케이. 뭐, 사실 아주 썩 맘에 들진 않지만……. 됐어요. 그럭저럭 잘 나왔어요. 아휴, 우리 춘희 씨를 실물만큼 담기가 어디 쉽겠어요?"

"또 또 까분다."

왕 할머니에게 따뜻한 차를 내오던 엄마가 희주에게 눈을 흘겼다. 하지만 희주는 아랑곳하지 않고 엄마를 향해 혀를 쏘옥 내밀고는 왕 할머니 곁에 다가앉아 팔짱을 꼈다. 왕 할머니의 앙상한 팔뚝이 희주의 몸에 닿았다.

"어휴, 우리 춘희 씨한테 내 넘치는 뚱뱃살 좀 나눠 드리고 싶다."

"뭐라고? 아휴, 재는 정말……."

할아버지, 할머니, 엄마, 아빠까지 모두가 배를 잡고 웃었다. 그때, 왕 할머니도 희미하게 웃었던 것으로 기억한다.

“그런데, 할아버지.”

“와?”

“왜 벚나무를 이렇게 마당 한가운데 심으셨어요?”

“느그 왕 할머니가 가장 좋아하는 나무거든. 그래서 이리 심었제.”

“아하! 나도 벚꽃 좋아하는데……. 그렇지만 벚꽃은 너무 금세 져 버리잖아요. 시시하게.”

왕 할머니는 희주의 손등을 쓰다듬었다.

“그래서 더 예쁜 거란다. 찰나의 순간에 피고 지는 것이라.”

“그런가?”

“암만. 그렇고말고.”

왕 할머니는 고개를 끄덕이시고는 말을 이었다.

“희주야, 잘 들어 보거라. 저 꽃잎을 떨구는 소리가 들리니?”

살랑 부는 봄바람에 연분홍 꽃잎이 마당으로 흩날리고 있었다.

“꽃비 내리는 소리요?”

희주는 가만히 귀 기울여 보았다.

“아니요. 아무 소리도 안 들리는데요. 바람 소리도 없잖아요.”

왕 할머니는 희미하게 웃으셨다.

“나는 들린단다. 계집아이들이 까르르 웃는 웃음소리가. 벚나무 꽃잎이 저리 바람에 날리는 것을 보면 그래서 기분이 좋아. 아무것도 모르는 철없는 계집아이들의 웃음소리가 들리는 것 같거든."

희주는 떨어지는 꽃잎을 바라보던 그날의 왕 할머니 얼굴을 잊을 수가 없다. 백발의 쪽 찐 머리, 쭈글쭈글한 피부, 희미하게 웃는 듯한 얼굴, 그리고 그 눈빛.

왕 할머니의 눈동자는 하나 가득 연분홍 꽃잎을 담고 있었는데 그 눈 속이 참 맑디맑아 보였다. 마치 왕 할머니가 그 철없는 계집아이라도 된 것처럼.

희주는 영정 속 왕 할머니의 눈 속에서 그날의 모습을 찾고 싶었다. 희주는 그렇게 한참을 사진 속 할머니와 눈을 마주치고 있었다.

'왕 할머니, 나는 이제 어떻게 해요? 전 아직 답을 못 찾았는데, 이렇게 떠나 버리시면 이제 저는 어떻게 해요…….'

희주와 은채는 둘도 없는 친구였다.

희주가 서울로 전학을 왔을 때, 은채가 희주를 살뜰히 챙겨 주며 둘은 단짝이 되었다. 은채와 단짝이 된 데에는 희주 엄마의 몫이 컸다. 희주 아빠의 사업을 핑계 삼아 서울로 올라올 때, 희주 엄마는 교육열이 높다는 강남의 대단지에 무리해서 집을 마련했다. 이왕 서울살이를 한다면 제대로 된 곳에서 남편도 딸도 제대로 자리 잡길 바랐던 것이다.

희주 엄마는 새 터전에서 능숙하게 적응했고, 아파트 주민들은 물론 희주네 학교 속사정까지 금세 파악했다. 그러고는 희주의 단짝 친구로 은채를 점찍었다. 이유는 단순했다. 제 자식 자랑하기 바쁜 엄마들 틈에서 은채 엄마는 좀처럼 얼굴을 내미는 날이 없이 항상 조용했고, 은채 역시 수더분한 모범생이었기에 때문이었다. 예민하고 까탈스러운 제 딸 성격을 잘 아는 희주 엄마는 희주의 단점이 남의 입에 오르내리는 것을 끔찍이 경계했다. 은채나 그 엄마의 성품으로 보아 이들이라면 괜스레 살 붙은 이야기들이 오갈 리 없다고 생각했다. 희주는 그저 예쁘고 공부 잘하는 모범생이라는 칭찬만 들으면 되었다. 그리고 그건 사실 그동안 그리 어려운 일이 아니었다.

"희주야, 주말에 미술관에 갈까 하는데 은채도 데려갈까? 한번 물어볼래?"

"응. 알았어."

"희주야, 박물관에 봉사활동 자리가 있다더라. 은채랑 같이 신청해 줄까?"

"응. 엄마, 고마워."

엄마의 기대대로 은채는 희주에게 딱 맞는 짝꿍이 되었다. 알아주는 수학 학원 SKY반에 들어갈 정도로 공부도 제법 잘하는 은채는 희주에게 자극을 주는 경쟁자이기도 했고, 수더분하고 배려심이 깊은 성격으로 희주의 예민한 성격을 잘 맞춰 주었다. 둘은 그렇게 크게 싸우는 일도 없이 잘 어울리며 나란히 고등학교에 올라갔고, 운 좋게도 같은 반에 배정이 되었다.

"희주야, 그런데 은채 아버지는 뭐 하신다니? 오빠도 하나 있다더니만 본 적도 없고……. 도통 알 수가 없네."

"엄마, 엄마가 은채 아빠 뭐 하시는지 왜 알아야 하는데? 난 엄마의 그 마음을 도통 알 수가 없어."

뾰로통한 표정으로 희주가 엄마의 물음에 대꾸했다.

"어머. 얘 좀 봐. 딸내미 친구 부모님이 뭐 하시는 분인지, 형제는 몇이나 되는지……. 뭐 그런 거 좀 궁금해하면 안 되는 거니? 엄마가 그렇게 잘못한 거야?"

"아우, 알았어. 은채 아빠는 엄마가 좋아하는 의사, 검사, 변호사는 아닌 것 같아. 은채 오빠는 나도 여태 본 적 없고. 됐어?"

"그래, 됐다. 계집애 암튼. 꼬박꼬박."

희주 엄마는 어찌 되었든 다행이라고 생각했다. 딱 저 나이 때에는 정 붙일 좋은 친구 하나가 얼마나 큰 값어치인지 잘 알고 있었으니까. 여고생에게 단짝 친구는 어쩌면 낳아 준 제 엄마보다 더 큰 존재라는 것을.

그러던 지난겨울, 은채가 어두운 얼굴로 희주를 찾아왔다.

"이은채, 너 왜 그래? 무슨 일 있어?"

"희주야……."

"왜? 무슨 일이야?"

은채의 손이 파르르 떨리고 있었다. 필히 은채에게 심상치 않은 일이 벌어지고 있는 것이 분명했다.

"희주야, 너만 알고 있어. 아무한테도 말하면 안 돼. 알겠지?"

"걱정하지 마. 도대체 무슨 일인데? 응?"

"희주야……. 실은 준석이가……."

은채의 입에서 최준석의 이름이 나왔을 때, 희주는 침을 꼴깍 삼켰다. 처음부터 그 웃는 얼굴이 기분 나쁜 녀석이었다. 둘이 사귀겠다고 했을 때, 뜯어말렸어야 했다. 희주는 불길한 생각을 접어 두고 은채의 이야기에 귀를 기울였다.

떨리는 입술로 은채가 이야기를 끝냈을 때, 희주의 두 손이 바들바들 떨렸다.

"하아……. 그래서? 너 그 자식을 그냥 놔뒀어?"

"그럼…… 어떻게 해……. 도무지 어떻게 해야 할지……."

"이은채, 이 등신아! 그걸 그냥 놔두면 어떻게 해? 같이 싸대기를 올려붙이던가, 못하겠으면 당장 나라도 불렀어야지!"

"모르겠어. 그때는 아무 생각도 안 났어. 아무 생각도……."

"됐어! 내가 이 자식 가만 안 놔둬! 쓰레기 같은 새끼! 어떻게 여자 친구를 때리니? 그게 사람이니?"

희주가 부들부들 떨리는 손으로 전화기를 찾았을 때, 은채가 가만히 희주의 손을 잡았다.

"그런데……. 그러고 나서는 또 미안하다고. 무릎까지 꿇고 빌었어. 눈물까지 흘리면서……."

"뭐라고?"

희주는 도대체 은채에게 무슨 일이 벌어지고 있는 건지 종잡을 수 없었다.

준석이는 아주 적극적으로 은채에게 다가왔다.

공부도 잘하고 얼굴도 예쁘고 조용조용한 성격인 은채는 남학생들에게 워낙 인기가 많았다. 여태껏 은채에게 고백을 한, 희주가 알고 있는 남학생만 해도 열 손가락이 부족할 지경이었다. 그럴 때마다 은채는 공부를 해야 한다는 둥 이런저런 핑계를 대고 그들의 고백을 모두 거절했다. 때때로 정말 아까운 상대도 있었는데, 그럴 땐 희주가 바람잡이로 나서기도 했다. 하지만 별 소용이 없었다.

그러던 은채가 준석이의 적극적이고 끈질긴 구애에 결국 그 마음을 받아 주기로 했을 때, 희주는 내심 탐탁지 않았다.

"넌 참……. 그렇게 비싸게 굴더니 결국 준석이냐? 너는 어쩜 보는 눈이 없어도 너무 없다."

희주의 비아냥거림에도 은채는 뭐가 좋은지 그저 수줍게 웃을 뿐이었다.

사실 준석이가 그렇게 형편없는 녀석은 아니었다. 공부도 제법 잘하고 호남형의 외모에 유머 감각도 있는 데다, 집안도 빵빵하다고 소문난 준석이를 좋아하는 여자애들도 몇 있었던 것 같다. 하지만 희주는 준석이의 대놓고 잘난 척하는 모습이 재수 없고, 묘한 웃음이 기분 나쁘다고 생각했다. 종종 은채에게 희주의 생각을 은근히 전했지만, 은채의 손가락엔 어느새 둘의 커플 반지가 끼워져 있었다.

한참을 말없이 있던 희주가 입을 뗐다.

"은채야, 너 내 말 똑똑히 들어."

희주는 단호한 표정으로 은채의 두 손을 꼬옥 잡고 진심을 담아 충고했다.

"난 네가 준석이랑 헤어졌으면 좋겠어. 아무리 생각해도 이건 아니잖아. 폭력도 습관이라고. 나쁜 손버릇은 평생 간다는 말 못 들었어? 내 말 잘 들어. 이은채! 너, 최준석이랑 당장 헤어져! 응?"

불운하게도 희주의 충고는 틀리지 않았다.

눈물까지 흘리며 무릎을 꿇고 손이 발이 되게 빌었다던 준석이는 얼마 지나지 않아 또다시 폭력을 썼다. 그리고 그런 일은 주기적으로 반복되었다. 이유는 들어 볼 필요도 없었다. 약속 시간에 늦었다고, 선물을 기분 좋게 받아 주지 않았다고, 다른 남학생이랑 웃으며 이야기를 나누었다고……. 말도 안 되는 트집으로 준석이는 자신의 감정을 폭발시켰고, 그것은 폭력으로 이어졌다. 그 어떤 이유에서건 용납될 수 없는 일방적인 폭력이었다.

그런 일이 있을 때마다, 희주가 펄펄 뛰었지만 은채는 준석이와 헤어지지 않았다. 아니, 헤어질 수 없었다. 기어이 명품 옷까지 들이밀며 사과를 했기 때문이 아니다. 준석이는 죽겠다고 협박하기도 했고, 죽이겠다고 협박하기도 했다. 마음 약한 은채는 끙끙 속앓이를 하며 날마다 수척해졌다.

"후우……. 은채야, 제발 정신 좀 차려. 언제까지 이러고 있을 거니? 안 되겠다. 우리가 해결할 수 있는 문제는 아닌 것 같아. 준석이 저 새끼, 미친 게 틀림없어. 제정신이 아니라고. 이러다 더 큰 일이라도 생기면 어쩌려고 그래? 응? 은채야, 내 말 들어. 너희 엄마한테 말씀드리자. 선생님께도 알리고. 네가 말 못 하겠으면, 내가 대신 해 줄게. 응?"

하지만 은채는 오랜 망설임 끝에 결국 고개를 저었다. '두려움'과 '연민'이 그렇게 은채를 끈질기게 붙들고 있었다. 희주는 어떻게든 준석이에게서 은채를 끄집어내야 한다고 생각했다. 그날 그 일이 있기 전까지는.

5 춘희 / 피지 못한 꽃

그곳에도 꽃이 피었어.

복규가 나무 지게 안에 꺾어다 주던 이름 모를 꽃들이

그곳에서도 피고 지었지.

냇가로 빨래를 하러 가는 날이면

그 이름 모를 꽃들이 웃으며 말을 걸었어.

하지만 난 웃어 주지 않았지.

그 꽃들이 부러웠거든.

활짝 핀 꽃들에게 화가 났어.

나는 피워 보지 못한 꽃이었으니까.

그래서 내가 지금 나비가 되었나 봐.

이제는 내가 먼저 웃으며 말을 걸 차례라고.

"메이짱. 제발 그만 좀 해. 너 정말 왜 이러니? 제발 정신 좀 차리라고!"

순이가 메이짱의 어깨를 쥐고 흔들었다.

"호호호호호호~ 왜에? 순이야, 너도 하나 줄까? 응?"

초점 잃은 눈동자로 꽃분이가 제 머리에 꽂힌 꽃을 빼어 순이에게 내밀었다.

"얘! 제발! 정신 좀 차려! 꽃분아!"

순이가 울며 소리쳤다.

우리가 그곳에서 메이짱이라 부르는 그 아이는 아랫마을에 살던 꽃분이였다. 다 늦게 꽃처럼 예쁜 막내딸을 보았다고 꽃분이 아버지는 꽃분이가 예닐곱 살이 될 때까지도 무동을 태워 주었다.

"쯧쯧. 저러다 시집은 어찌 보내누. 팔불출이 따로 없다."

우물가에 모인 아주머니들이 다 큰 딸내미를 목말 태운 꽃분이 아버지를 뒤돌아 흉보곤 했다. 나는 사실 그런 꽃분이가 늘 부러웠다. 내 아버지는 살가운 분이 아니셨으니까. 하지만 나는 알고 있었다. 내게 몇 마디 말을 건네지 않았지만 잠든 내 머리를 자주 쓰다듬어 주시던 아버지를. 시름시름 앓다가 눈을 감던 그날도 차디차게 식어 가던 손으로 내 머리를 어루만져 주시던 아버지를.

꽃분이가 구두공장에 돈을 벌러 가겠다고 했을 때, 꽃분이 아버지는 그날 양장점 앞에까지 꽃분이를 쫓아 나와 치맛자락을 붙들었다.

"야야, 니가 뭔 돈을 번다고 그러냐, 시방. 가자, 집으로 돌아가자. 꽃분아."

"아부지. 제발 보내 줘."

"아이고야, 환장허겄네. 니가 거가 워딘 줄 알고 이런다냐. 참말로."

"아이참. 아무 걱정 말라니까. 춘희도 순이도 다 같이 가잖아. 그런데 나만 가지 말라고?"

"얌전히 있다가 시집이나 가믄 쓰겄구만. 뭔 놈의 돈을 번다고 이리 날뛰냐, 시방."

"시집? 나는 시집 안 가고 울 아부지랑 살 건데? 내 돈 많이 벌어 와서 우리 아부지 호강시켜 줄게. 알겠지? 그러니 제발 보내 줘, 아부지."

"하이고. 참말로. 미쳐뿔겄네. 아고. 그래. 나도 모르겄다. 근디 꽃분아, 힘들면 언제든지 야그하고 돌아와야 혀. 알긋제? 그리고 딱 석 달만이여. 딱 석 달. 아부지는 돈 필요 없어야. 우리 꽃분이만 있으면 된께. 알긋제? 아이고, 내가 시방 니 없이 어찌 산다냐…….”

꽃분이의 고집에 꽃분이 아부지는 마지못해 꽃분이의 치맛자락을 놓아 주었다.

그날 꽃분이 아버지의 눈빛을 나는 생생히 기억한다. 기어이 돈을 벌러 가겠다던 꽃분이의 보따리에 꼬깃꼬깃 접은 지폐 한 장을 찔러 넣어 주시던 꽃분이 아버지의 눈빛을. 내 아버지가 눈감던 날 나를 보던 눈빛도 그와 같았다.

그런 꽃분이가 이제는 저 지경이 되어 버렸다.

‘아……. 이제 이 먼 중국 땅에서 저리 미쳐 버린 꽃분이를 어찌해야 할까?’

꽃분이는 냇가로 빨래를 하러 가는 날이면 온갖 꽃과 풀을 꺾어 제 몸에 끼워 넣고는 노래를 부르고 춤을 추었다. 머리 위에도 귓등에도 가슴골에도 꽃을 끼워 넣고는 쉼 없이 빙그르르 돌며 흥얼흥얼 노래를 불렀다.

“어때? 나 예쁘지? 내가 말이야. 개성 살던 울 아버지 막내딸 꽃분이란 말이여.”

일본 군인 하나가 음흉한 눈으로 그런 꽃분이를 지켜봤다.

“울 아부지가 그랬당께. 내가 춘향이보다도 더 이쁘다고. 춘향이가 누구냐고? 춘향이는 울 아부지 고향서 젤로 이쁜 처녀랑께.

알겄능가? 맞지? 그치? 이보소. 나 좀 보소. 워떠? 나 참 곱지? 춘향이 맹키로 곱제?"

꽃분이는 낄낄거리는 일본 군인에게 다가가 또 빙그르르 춤을 추었다. 그러자 그는 아무렇지 않게 모두가 보는 앞에서 꽃분이의 가슴에 손을 넣어 조몰락거렸다. 그러고는 가슴골에 꽂힌 꽃을 빼어 냈다.

"여기 있네. 찾았다! 메이짱."

꽃분이는 제 가슴이 훌러덩 나온 줄도 모르고 그저 깔깔거리며 또 빙그르르 춤을 추었다.

나는 고개를 돌려 그런 꽃분이를 못 본 척했다.

미치지 않으면 살아 낼 수 없던 시간이었다.

꽃분이는 미쳤고, 그동안 몇몇은 스스로 목을 매거나 혀를 깨물고 죽어 나갔다.

"아우. 재수 없게. 정말."

오카미상은 스스로 목숨을 끊어 차디차게 식은 시체를 멍석에 말지도 않은 채로 아무 데나 가져다 버렸다. 죽어서라도 고향 땅에 돌아가고 싶었던 조선의 어린 처녀들은 죽은 후 그렇게 버려져 짐승들에게 살이 뜯기고 까마귀 떼의 밥이 되었다. 오로지 몹쓸 성병에 걸린 이들만 그나마 겨우 불에 태워질 뿐이었다.

'태워지지도 못하면 혼이 날아가지도 못할 텐데……. 그러면 저

들은 죽어서 또 어디를 헤매게 될까?'

나는 두려웠다. 목을 매고 혀를 깨문 채 아무렇게나 버려져 산짐승들의 밥이 되어 버린 처녀들이 바로 나였고, 온몸에 꽃을 단 채 저렇게 미쳐 버린 꽃분이가 또 다른 나였다. 미치거나 죽지 않으면 지옥 불에 타들어 가는 몸과 마음을 견뎌 낼 수 없었다. 하루하루가 그렇게 지나갔다.

시간은 흘렀고 나는 그곳에서 두 번째 여름을 맞았다.

"빨리빨리 움직여! 어서!"

아침부터 소란스러웠다. 그들은 우리를 줄 세워 트럭에 태웠다.

'또 어디로 끌고 가려는 걸까.'

나는 지친 몸을 어렵게 챙겨 뒤따랐다. 또 어디 멀리 떨어진 곳에 있는 굶주린 짐승 같은 일본놈들에게 우리를 풀어놓을 참인 것 같았다. 마음껏 뜯어먹으라고.

막 포탄이 터지는 전쟁 통에서 살아 돌아온 군인들은 반쯤 미쳐 있었고, 어느 때보다 거칠었다. 생각만 해도 끔찍했다. 그렇게 불안한 마음이 스쳤지만, 이동하는 동안에는 군인을 받지 않아도 되니 그건 그나마 다행이라고 생각했다. 어쨌든 그래도 몇 시간은 좀 쉴 수 있을 테니. 그런데 그날은 이상하게도 매서운 눈으로 우리를 감시하던 오카미상이 보이질 않았다. 게다가 나는 그날 군인들의 낯빛이 조금 다르다고 느꼈다.

"춘희야……."

순이가 옆에서 조용히 속삭였다.

"오늘이 마지막 기회야."

"응?"

"도망치자고."

순이는 지난겨울에도 몰래 빠져나가 도망치다가 붙잡혀 와 며칠 동안 물 한 모금 얻어먹지 못했다. 어디 물 한 모금 못 먹은 것뿐이었겠는가. 오카미상은 우리가 모두 보는 앞에서 순이를 알몸으로 나무에 매달아 정신을 잃을 때까지 매질했다. 그날 순이의 모습이 떠올라 나는 눈을 질끈 감았다. 나는 순이가 죽어 나가게 될까 두려웠다.

"오카미상이 보이질 않아. 어딜 나간 모양이야. 오카미상이 없으면 우리 둘쯤 조용히 없어져도 저것들은 모를 거야."

순이 말대로 오늘은 오카미상도 보이지 않았고 군인들 역시 우리보다는 밖을 더 경계하는 듯했다.

"하지만……. 이번에 또 걸리면……."

"알아. 산 채로 매달아 까마귀밥을 만들겠지. 하지만 이미 산 채로 다 뜯어먹혔잖아. 우리 꼴 좀 봐. 안 그래?"

순이 말이 맞았다. 살아 있는 우리의 몸과 마음을 너덜너덜해지도록 잔인하게 뜯어먹은 것은 같은 인간인 그들이었다. 까마귀나

산짐승보다 더 잔인하게.

"오카미상이 없을 때 도망쳐야 해. 날만 어두워지면."

"나는 무서워. 순이야……."

"날 따라오든지, 여기 남든지 그건 네가 결정해. 난 혼자서라도 여기서 도망칠 테니까."

순이의 눈빛이 비장했다.

어디로 가는지 알 수 없었지만, 트럭은 숲속으로 향하고 있었다. 되돌아오려면 꽤 먼 길인 것 같았고, 어쩌면 그곳에서 하루를 보낼지도 모를 일이었다. 날이 어둑해지면 숲속이니 숨어 도망치는 것이 가능할 것도 같았다. 나는 심장이 쾅쾅 뛰었다. 하지만, 그날 순이의 계획은 시도조차 할 수 없었다.

"내려! 빨리빨리! 꾸물거리지 말고 빨리 내려!"

그들은 숲 한가운데에서 우리를 내리라고 했다. 막사도 없고 인기척도 없는 곳이었다. 우리는 어리둥절한 채로 트럭에서 내렸다.

"밀어 넣어!"

우리 앞에 커다란 구덩이가 파여 있었다. 사람 키는 족히 넘는 깊은 구덩이였다. 그들은 우리를 모두 그곳으로 밀어 넣었다. 하나둘씩 그렇게 구덩이 안으로 고꾸라졌다.

"아악!"

"이년들아! 조용히 해!"

"으아아악!"

구덩이 아래로 떨어진 어린 처녀들이 기어 올라오기 위해 발버둥을 쳤지만, 소용이 없었다.

"소리 나지 않게 조용히 묻어 버려! 시간이 없다! 서둘러라! 빨리빨리!"

흙이 머리 위로 쏟아졌다.

'묻어 버린다고? 우리를 산 채로? 하아…….'

오늘이 도망칠 수 있는 마지막 기회인 줄 알았는데, 오늘이 죽는 날이었다. 나는 기가 막혀 하늘을 쳐다보았다. 그날도 하늘은 참 맑았다. 그 파란 하늘 위로 그들의 삽질은 계속되었고 내 머리 위로 흙이 쉴 새 없이 쏟아졌다.

'그래, 이제 다 끝났다. 차라리 이렇게 죽는 게 나을지도 모르지. 그냥 여기서 죽자. 죽자…….'

나는 머리 위로 쏟아지는 흙을 눈을 감은 채 그대로 덮어쓰고 있었다.

"야 이 나쁜 놈들아! 어떻게 우리를!"

순이는 포기하지 않고 악을 쓰며 기어 올라가려 했다. 그러자 한 군인이 흙을 쏟아내던 삽으로 순이의 머리를 내리쳤다. 붉은 피가 파란 하늘 위로 치솟았다.

"얌전히 있지 못해? 너희들은 천황폐하께서 우리에게 내린 하사품이었다. 너희들은 이제 할 일을 다 했다. 그러니 이제 쥐도 새도 모르게 사라져야 한다. 알겠나? 대일본제국의 천황폐하를 위해 기꺼이 영광스럽게 목숨을 바쳐라!"

"그래! 죽여라! 이것들아! 내 죽어서 귀신이 되어 네놈들을 가만두지 않을 테니!"

"너희들이 한 짓을 똑같이 다 갚아 줄 거다! 이 나쁜 놈들아!"

"살려 주세요! 이러지 말고 제발 살려 주세요!"

"하늘이 무섭지도 않더냐! 이 천벌을 받을 놈들!"

모두가 울부짖었다. 저주를 퍼붓는 이들도 있었고 살려 달라고 애원하는 이들도 있었다. 그러는 사이 우리의 머리 위로 쉴 새 없이 흙이 쏟아졌다. 흙냄새가 달큼했다.

'고향 땅 흙도 이런 냄새였던가.'

어느덧 흙은 내 치맛자락을 다 삼키고 있었다. 달큼한 흙냄새를 맡으며 나는 울었다.

'엄마……, 복규야……, 미안해. 정말 미안하다. 복규야……, 복규야…….'

그때였다.

"탕! 탕탕탕! 탕!"

"적이다!"

"탕! 탕탕탕! 탕탕탕탕!"

"엄마! 으아아악!"

어디선가 총소리가 들려왔다. 아주 가까이에서 들리는 총소리였다. 총소리와 울음소리와 비명소리가 뒤섞였다. 나는 너무 어지러웠다. 세상이 빙글빙글 도는 것 같았다. 땅도 하늘도 빙글빙글 돌며 점점 쪼그라들어 나를 옥죄여 오는 것 같았다. 나는 정신을 차릴 수 없었다.

"에잇! 일단 저것들부터 다 쏴 죽여!"

우왕좌왕하던 군인들이 이번엔 우리를 향해 마구 총질을 하기 시작했다. 눈앞에서 피가 튀고 어린 처녀들이 하나둘 고꾸라지기 시작했다.

"꽃분아! 꽃분아! 얘! 꽃분아!"

꽃분이가 내 몸을 덮치며 쓰러졌다. 그녀의 가슴팍에서 피가 흘러내렸다.

"아부지, 울 아부지 막내딸 꽃분이, 이제 아부지 만나러 가요."

"꽃분아! 정신 차려 봐! 꽃분아!"

꽃분이의 눈이 허공을 바라보고 있었다.

"탕탕탕탕! 탕탕!"

또 다른 누군가의 피가 내 얼굴에 튀었다. 나는 귀를 막고 눈을 감은 채 잔뜩 움츠렸다.

그렇게 얼마나 시간이 흘렀는지 알 수 없었다. 총소리가 멈추었다. 나는 가만 눈을 떴다. 눈앞은 끔찍했다. 팔다리를 늘어뜨린 채 피 흘리며 죽어 있는 앳된 처녀들……. 그들의 눈이 하나같이 허공을 바라보고 있었다. 차마 눈을 감고 죽지 못한 억울한 이들이었다. 나는 떨리는 손으로 내 치마폭에 쓰러져 누워 있는 꽃분이의 눈을 감겨 주었다. 그리고 나는 꽃분이가 바라보던 그 허공을 바라보았다. 여전히 맑디맑은 파란 하늘이었다.

'저리 하늘이 내려다보고 있는데 저들은 어찌 이토록 끔찍하단 말인가. 우리가 다 죽어 사라진다 한들 하늘이 본 일들이 사라질까. 사람을 산 채로 묻으려 하다니……. 반드시, 반드시 너희들은 하늘의 벌을 받을 것이다. 하늘이시여, 꼭 저들에게 벌을 내리소서.'

나의 온몸은 부들부들 떨고 있었다. 나는 가슴속 깊은 곳에서부터 그들을 저주했다. 그러다 덜컥 겁이 났다. 어쩌면 저 하늘이 저들이 아닌 나에게 벌을 주고 있는 것인지도 모른다는 생각이 들었다.

'왜일까? 왜 나에게 이토록 감당할 수 없는 벌을 주는 것일까? 내가 도대체 무슨 죄를 그리도 많이 지었을까?'

나는 파란 하늘을 올려다보며 찬찬히 생각해 보았다. 내 그동안 대체 무슨 죄를 지어 왔는지. 왜 저 하늘이 내게 이런 벌을 내리고 있는 것인지.

언젠가 복규가 뒷산에서 토끼 한 마리를 잡아 왔었다. 오랜만에 기름진 고기를 먹을 수 있다는 생각에 나는 얼른 가마솥에 물을 끓였다. 아버지는 토끼의 두 귀를 잡고 펄펄 끓는 가마솥 안으로 고 녀석을 집어넣었다. 그때, 가마솥 안으로 들어가며 겁에 질린 빨간 눈으로 나를 쳐다보던 토끼가 떠올랐다. 그 때문이었을까?

그도 아니라면 어느 해였는지 기억도 안 난다만, 더위가 한창이던 삼복 중 하루 어느 날이었다. 아랫마을 누렁이가 굵은 나무에 매달려 산채로 동네 아저씨들에게 매질을 당하고 있었다. 그때 나는 아저씨들에게 물심부름을 하고 눈깔사탕을 받았었다. 그 누렁이의 슬픈 눈을 보았는데도. 그 때문이었을까?

그것이 아니라면 하늘은 대체 나에게 왜 이런 벌을 주시는가.

나는 더는 견딜 수 없을 것 같았다. 하늘을 상대로 싸울 수는 없는 일이었으니까. 죽어야겠다고 생각했다. 나는 구덩이 아래로 굴러떨어져 죽은 일본 군인 곁에 놓인 총을 보았다. 저 총으로 나를 겨누고 인제 그만 살아야겠다 생각했다. 총으로 손을 뻗는 내 손이 벌벌 떨렸다. 햇살에 번뜩이는 예리한 칼날. 나는 결국 그 총에 손을 대지 못하고 다시 털썩 주저앉았다. 죽지도 못하는 내가, 끊어지지도 않는 내 목숨 줄이 너무 원망스러웠다. 나는 그냥 꺼이꺼이 울었다.

"이보시오, 괜찮아요?"

그렇게 벌벌 떨며 울고 있는 내 눈앞에 총을 든 사내 하나가 다가왔다. 나는 흠칫 놀라 엉거주춤 몸을 뒤로 뺐다.

"괜찮아요. 우린 조선 군인입니다."

허름한 군복의 군인과 눈이 마주쳤다. 우리 복규 나이나 되었을까. 아주 앳된 얼굴의 조선 사람이었다.

"사, 살려 주세요."

나는 또 살겠다고, 이러고도 더 살겠다고, 살아야겠다고 그저 살려 달라는 말 한마디를 남기고 정신을 잃고 말았다.

"춘희야, 얘, 춘희야. 정신 좀 차려 봐."

나를 부르는 목소리에 눈을 떴을 때 순이가 걱정스러운 눈으로 나를 바라보고 있었다.

"춘희야, 이제 우린 살았어. 일본이 전쟁에서 졌대. 그놈들 이제 싹 다 조선 땅에서 도망갔대. 이제 다 끝났어. 지옥 같은 이곳에서 우리 이제 벗어날 수 있다고!"

순이의 볼을 타고 뜨거운 눈물이 쉼 없이 흘러내리고 있었다.

6 희주/첫사랑과 우정 그리고 용서할 수 없는 미움

"왕 할머니, 왕 할머니는 누군가를 죽도록 미워해 본 적이 있어요?"

지난주, 부산에 내려갔던 날 왕 할머니 곁에 모로 누운 채로 희주가 물었다.

"……."

"나는 있어요. 지금도. 꼴도 보기 싫고, 같은 공간에서 숨 쉬는 것도 싫어. 정말이지 그 애가 너무 미워요."

"희주야……."

희주의 머리를 매만지던 왕 할머니가 나지막한 목소리로 희주의 이름을 불렀다. 희주 엄마였으면 누가 너를 괴롭히느냐고 도대체 그 애가 누구냐고 꼬치꼬치 캐묻고는 동네방네 또 희주의 학교생활을 들쑤시고 다닐 것이 뻔했다. 하지만 왕 할머니는 차분한 목소리로 말했다.

"희주야, 누군가가 그토록 밉다는 것은…… 무슨 마음일까?"

"미운 게 미운 거지 뭐. 끔찍하게 싫은 거요."

"어쩌면…… 그건 용서하고 싶은 마음일지도 모른단다."

"용서요? 아냐, 아니에요. 그냥 미워. 그 애가 뭘 잘못했는지도 모르겠어. 그런데도 그냥 밉다니까요. 이건 용서하고 말고의 문제가 아닌 걸요."

왕 할머니는 벌떡 일어나 앉은 희주를 지긋이 쳐다보았다.

"잘 생각해 보렴. 희주야, 미워한다는 건 용서를 원하는 거란다. 용서하고 싶은 마음인 게지. 그 상대를 용서하든, 네 자신을 용서하든. 용서하렴. 용서하고 나면 미움도 사라질 거야."

왕 할머니는 희주의 얼굴을 까칠한 손으로 살포시 더듬었다. 희주는 왕 할머니의 말을 도무지 이해할 수 없었다.

'미워하는 마음과 용서하고 싶은 마음이 어떻게 같단 말인가.'

"희주야, 이 왕 할미 말을 꼭 기억하렴. 사과를 하는 것도, 용서를 하는 것도 다 때가 있단다. 그 때를 놓치면 영영 또 다른 때를 찾지 못할 수도 있어. 그러니 때를 놓치지 말아라. 알겠니?"

문제의 사건이 벌이지던 그날 희주는 오전 수업 내내 지끈지끈한 두통에 시달리고 있었다. 아무래도 지난 밤 준석이와의 통화 때문에 잠을 제대로 못 잔 탓인 것 같았다. 희주는 점심을 먹는 둥 마는 둥 하고 책상 위에 엎드렸다.

어제 늦은 밤, 준석이는 은채가 전화를 받지 않는다며 희주에게 전화를 했다. 마침 벼르고 있던 차에 희주는 준석이를 몰아세웠다. 더는 은채를 만나지 말라고. 그만 괴롭히고, 제발 은채를 놓아주라고. 너희는 헤어져야 한다고. 하지만 준석이는 도리어 악다구니를 쓰며 펄펄 뛰었다.

'좋은 말로 순순히 정신 차릴 놈이 아니야. 오늘은 내가 기필코 네가 한 짓을 다 알릴 거야. 그 더러운 손아귀에서 은채를 끄집어내야 해. 반드시 벗어나게 하고 말 거라고.'

희주는 오늘 수업 후에는 반드시 담임 선생님과 면담을 해야겠다고 생각했다. 은채와 비밀을 지키기로 약속했지만, 더는 어쩔 수 없었다. 앞으로 더는 은채가 버틸 수 없을 것이다. 밤새 고민하고 내린 결정이니 은채도 결국 희주의 판단을 받아들일 것이다.

그때였다.

"이 개자식, 죽여 버리겠어!"

"우당탕 탕탕."

"꺄악! 야! 누가 좀 말려 봐."

"야! 이태호! 너 왜 이래?"

"어머, 어머, 어머, 어쩜 좋아!"

소란스러운 소리에 복도로 나간 희주는 눈앞에서 벌어지는 광경에 입을 다물 수 없었다. 그냥 남자애들끼리 투덕거리는 싸움인 줄 알았는데 바닥에 깔린 채 얻어맞고 있는 아이가 준석이였다. 게다가 그 아이를 깔고 앉아 두들겨 패는 이는 다름 아닌 태호였다.

'어? 이태호? 태호가 왜? 도대체 무슨 일이야?'

준석이의 얼굴은 이미 엉망이 된 후였지만 태호는 여전히 분이 풀리지 않는지 주먹질을 멈추지 않고 있었다. 저렇게 두들겨 맞다간 정말이지 준석이가 잘못될 것만 같았다. 하지만 제정신이 아닌 사람처럼 우악스럽게 구는 태호에게 누구도 미처 달려들어 말리지 못하고 있었다. 희주 역시 마음만 종종거릴 뿐이었다.

"이태호! 제발 그만해!"

은채였다. 은채가 태호를 향해 울며 소리쳤다. 그제야 태호는 주먹질을 멈추고 은채를 바라보았다. 희주는 보았다. 은채를 바라보는 태호의 눈빛을.

"벌레만도 못한 자식."

태호는 준석이의 멱살을 잡아 벽으로 힘껏 밀쳤다. 그러고는 운동장을 가로질러 교문 밖으로 뛰쳐나가 버렸다.

"준석아! 준석아, 정신 차려!"

"준석이가 의식이 없어. 어떻게 해? 준석아!"

"야! 빨리 선생님 불러 와, 어서!"

"무슨 일이야? 아니 이게 도대체 무슨 일이냐? 응?"

복도 끝에서 선생님이 뛰어오셨고, 보건 선생님도 올라오셨다. 준석이는 피투성이가 된 얼굴로 여전히 정신을 차리지 못한 채 쓰러져 있었고, 구급차가 운동장을 가로질러 올라오는 것을 희주는 그저 멍하니 바라보고 있었다.

'이태호. 너는 왜?'

준석이가 구급차에 실려 나가고 수업 종이 울렸지만, 아이들의 웅성거림은 여전했다.

"이태호 왜 또 저러는 거야? 한동안 얌전하더니."

"아, 진짜 저 또라이. 또 병 도진 듯."

"그러게. 그나저나 재들 왜 싸운 거니?"

"소문이 사실인가 봐. 태호가 은채 쫓아다닌다던데. 은채네 집 앞에서 태호를 본 애들이 한둘이 아니래."

"정말? 남친 있는 은채를? 와~ 그래서 대놓고 현남친 때려눕히고 뺏어 보겠다?"

"말 되네. 태호라면 그러고도 남겠는데?"

"어쩌면 준석이는 이미 구남친일 수도. 은채 엊그제도 태호랑 같이 있었다던데? 태호가 매일같이 은채 집에 바래다준다고 하더라고."

"헐, 대박. 그럼 준석이는 왜 맞고만 있었지? 준석이 정도면 태호랑 다이다이 뜰 수 있잖아."

"학폭에 유리하려면 그냥 대주고 있는 게 나을걸?"

"에이, 설마. 그래서 맞고만 있었다고? 거꾸로 준석이가 태호를 때려눕혔어도 준석이한테 유리할 텐데? 알잖아. 준석이 모친."

"어우야, 정말이지 준석이 엄마가 태호 가만 안 놔둘 텐데……. 그 별난 아줌마가 또 한바탕 뒤집어엎어 놓겠다."

"와우~ 소오름. 진짜 생각만 해도 온몸에 소름이 돋는다. 튀는 불똥 피해 가려면 당분간 몸 좀 사리자."

"얘들아! 쌤 떴다!"

희주는 오후 내내 수업에 집중을 할 수가 없었다. 아이들 사이의 이야기 때문이 아니다. 태호가 은채를 바라보던 눈빛. 그 눈빛이 영 찝찝했다.

'그럴 리 없어.'

손끝을 물어뜯던 희주의 혀에서 비릿한 맛이 났다. 피가 나고 있었다.

수업이 끝난 후 은채가 희주에게 다가왔다. 희주는 못 본 척 가방을 들고 자리에서 일어섰다.

"희주야, 잠깐 얘기 좀 해."

희주는 은채의 눈을 바라보았다. 은채의 눈동자가 떨리고 있었다. 희주는 깨달았다. 오후 수업 내내 머릿속에서 그려진 몹쓸 상상이 전부 사실이라는 것을. 희주는 은채에게 등을 돌리고 교실 밖으로 나와 버렸다.

"저기……, 희주야, 정말 미안해."

뒤쫓아 나온 은채가 희주에게 말했다.

'미안해? 미안하다고? 이은채 너 정말…….'

은채의 사과는 희주의 의심을 확신으로 만들었다.

"네가 뭘? 네가 뭐가 미안하다는 거니?"

"그냥…… 다……. 너에게 모두 다 이야기하지 못한 거."

"이야, 웃긴다, 너. 네 사생활을 나한테 다 보고해야 할 이유가 뭐가 있니?"

희주는 쌩하니 은채를 지나쳤다. 그런 희주의 옷깃을 은채는 조심스럽게 잡아당겼다.

"희주야……."

"이거 놔!"

뿌리치던 희주의 손이 은채의 얼굴을 휘갈겼지만, 희주는 모르는 척 지나쳤다.

이태호.

희주가 그 아이를 만난 것은 작년 가을 수학 학원 레벨 테스트 결과를 받았던 날 학원 옥상에서였다.

"김희주, 너 이번엔 SKY반 들어가야 한다. 은채는 벌써 올라가서 유지하고 있는데, 너는 도대체 왜 여태 레벨 업이 안 되는 거니? 너 이번엔 엄마 실망하게 하지 마."

엄마 목소리가 귓가에 쟁쟁하게 맴돌았다. 하지만 이번에도 희주는 SKY반에 들어가지 못했다.

'쳇, 그깟 SKY반이 뭐라고. 대학이 어디 SKY만 있나? 난 내 실력에 맞는 테두리 안에서 내 꿈을 찾을 곳으로 갈 거라고.'

희주는 마음이 답답할 때면 종종 옥상에 올라가곤 했다. 옥상에 올라가 봐야 보이는 것이라고는 빽빽한 빌딩 숲뿐이었지만, 마치 바다를 내다보기라도 하는 것처럼 희주는 그곳에서 크게 숨을 들이마시곤 했다. 답답한 가슴이 뻥 뚫리도록.

그런데 그날 옥상에는 태호가 있었다. 인기척을 들었을 텐데 겁도 없이 여전히 물고 있던 담배를 끄지 않고 있었다.

'이태호? 수업엔 안 들어오고 여기서 농땡이 치고 있었네?'

희주는 힐끗 태호를 훔쳐보았다. 학교 수업시간엔 엎드려 잠이나 자고, 학원에선 좀처럼 얼굴 보기가 힘든 아이였다. 하지만 머리가 좋은 건지 이번에도 학원 테스트에서 희주와 같은 레벨을 받았다. 희주는 그 사실이 은근 자존심이 상했다.

태호는 옥상 벽에 기대선 채로 담배를 피워 물고 있었는데 팔뚝은 제법 남자 티가 났고, 반듯한 콧대 위로는 곱슬한 머리카락이 반쯤 내려와 있었다. 희주는 그 모습을 가만가만 오래도록 훔쳐보았다.

'자식, 허세 쩌네. 쳇.'

그때였다. 태호가 고개를 들어 희주를 바라보았다.

"너 희주 맞지? 김희주. 은채 친구."

"어? 어……."

"다음 수업 몇 시부터냐? 우리 같은 반 맞지?"

"어? 어……. 한 5분 남았을걸."

"오케이. 땡큐."

그렇게 사라지는 태호의 뒷모습을 바라보고 있는 희주의 얼굴이 붉어졌다. 가슴이 콩콩 뛰었다. 느닷없이 찾아온 희주의 첫사랑이었다.

희주는 믿기지 않았다. 하필이면 이태호를 보고 가슴이 떨 게 뭐란 말인가. 절대 이것이 첫사랑일 리 없다고 희주는 도리질을 쳤다. 그런데 그러면 그럴수록 태호의 곱슬한 머리카락이 자꾸만 눈앞에 떠올랐다.

'김희주. 너 미쳤구나.'

태호는 늘 제멋대로인 아이였다. 희주 같은 모범생과는 어디로 보나 어울리는 구석이 없었다. 타고난 머리 탓인지 공부는 곧잘 하는 편이었지만 툭하면 제멋대로 교실을 뛰쳐나가고, 별 것 아닌 일로도 시비가 붙으면 주먹부터 나가기 일쑤였다. 아이들은 그런 태호를 그다지 좋아하지 않았고, 가능하면 부딪히지 않으려고 슬금슬금 피하기까지 했다.

아이들은 눈에 안 보이길 바라는 녀석인데, 희주는 그 녀석이 눈에 안 보이면 조바심이 났다. 그래서인지 그날 이후로 희주는 학원에 가면 옥상부터 올라가 태호의 그림자를 찾았다.

그날도 태호를 찾던 희주는 태호가 보이질 않자 그냥 내려가려던 참이었다.

“야, 김희주. 너 여기서 뭐 하냐? 뭐 잃어버렸냐? 뭘 찾는데?”

느닷없이 옥상 구석에서 대 자로 누워 있던 태호가 벌떡 일어나 말을 걸었다.

“아우, 깜짝이야? 야! 너 왜 이렇게 사람을 놀래키니?”

그 바람에 희주는 엉덩방아를 찧으며 넘어져 울상이 되었다.

“얘 좀 봐라. 지금 네 소리에 내가 더 놀랐거든? 어우. 심장이야.”

태호가 가슴에 두 손을 모아 대고 엄살을 부렸다. 그러고는 넘어진 희주에게 웃으며 손을 내밀었다.

“야, 빨리 일어나. 수업 시작 안 했냐? 설마 너 나 찾으러 온 거냐?”

“야! 내가 미쳤냐? 별꼴이야! 진짜!”

희주는 태호의 도움 따위는 필요 없다는 듯이 혼자 벌떡 일어나 엉덩이를 툴툴 털고는 부리나케 교실로 들어가 앉았다. 가슴이 콩콩 뛰었다.

그날 희주는 수업시간 내내 강의 내용이 귀에 들어오지 않았다.

‘에잇. 눈 딱 감고 그냥 그 손 한번 잡아 볼걸…….’

희주는 태호와 손을 잡고 나란히 걷는 상상을 했다. 희주에게 손 내밀던 태호의 환한 웃음과 제법 사내다운 넓적한 손이 자꾸만 머릿속에서 맴돌았다. 희주는 집에 돌아올 때까지 내내 얼굴이 붉어져 있었다.

그 후로는 이런 일도 있었다.

“야, 김희주. 너 앞에 가서 앉아. 여긴 내 자리야.”

“이태호. 너 웃긴다. 여기 네 자리라고 써 놨니? 오늘은 여기 내 자리야.”

“아, 참. 맨날 맨 앞에서 혼자 공부 다 하는 척하더니 왜 또 심통이냐?”

태호는 어쩔 수 없다는 듯 희주의 앞자리에 자리를 잡았다. 그날부터 학원 맨 앞자리에서 수업을 듣던 희주는 이제 맨 뒷자리에 앉기로 했기 때문이다. 태호의 뒷모습이라도 보려면 그 방법

뿐이었으니까. 희주의 마음속엔 그렇게 조금씩 태호가 들어앉기 시작했다. 학교에서도, 밥을 먹을 때도, 곤히 잠든 밤 꿈속에서도…….

"은채야, 이태호는 오늘도 학원 안 온 거 있지? 비싼 학원비 내고 정말 뭐 하는 짓인가 몰라."

태호가 학원에 오지 않은 날에는 뾰로통한 표정으로 은채에게 구시렁거리기도 했다.

"야, 김희주. 너 요즘 은근 태호 걱정 많이 한다?"

"내가? 내가 언제?"

"너 설마……."

"야! 쓸데없는 소리 좀 하지 마!"

희주는 은채에게 태호를 짝사랑하고 있다는 말을 한 적은 없다. 하지만 말을 하지 않아도 비밀은 공유될 수 있다고 생각했다. 그게 친구라고 믿었으니까.

그러니 이제 와서 은채를 탓할 수는 없다. 말을 하지도 않았으면서 몰랐느냐고 따질 수도 없는 노릇이고 양다리든 세 다리든 그건 어쩌면 은채의 사생활일 뿐이었으니까.

7 춘희 / 돌아갈 수 없는 곳

고향은 참 따스한 곳이었다오.

내 집 소박한 나무 울타리 안에는

작은 앵두나무가 한 그루 있었지.

볕이 뜨거워지기 전인 초여름에 빨간 앵두가 반들거렸어.

밥그릇에 하나 가득 앵두를 따 놓으면

복규는 콧노래를 흥얼거리며

빨간 입에 빨간 앵두를 넣고 톡톡 씹어 먹었지.

내 따스한 고향 집에서.

내가 돌아가고픈 곳은 그런 따스한 고향 집이었지.

광복군의 도움으로 순이와 나는 그들과 함께 며칠 머무를 수 있었다.

"좀 괜찮아요?"

나를 구해 주었던 앳된 조선 군인이 다가와 물었다.

"덕분에 살았어요. 고마워요."

고맙다는 나의 인사에 그는 얼굴을 붉히며 히죽 웃었다. 웃는 모습이 아직 어린아이였다. 나는 그 소년 군인의 손을 바라보았다. 무거운 총을 들기에는 아직 덜 자란 작은 손이었다. 아직 채 자라지 못한 저 여린 손으로 총을 들고 사람을 죽이고 이 험한 일을 어찌 했을까. 나는 그 소년이 안쓰러웠다.

'우리 복규 나이나 되었으려나.'

내가 찬찬히 그이를 훑어보자, 그는 내 마음을 읽었는지 머리를 긁적이며 대답했다.

"나라 구하는 데 나이가 따로 필요한가요? 뭐."

나는 그냥 가만 웃어 보였다. 그러자 그 어린 군인도 나를 따라 웃었다. 나는 마치 복규를 만난 듯 가슴이 따뜻해졌다.

그곳에서 며칠 정신을 추스른 순이와 나는 고향으로 가는 기차를 탔다. 그곳을 떠나기 전 나는 그 앳된 군인을 찾았다. 꼭 해 줄 말이 있었다.

"이제 고향으로 가시는 겁니까?"

"네. 덕분에 고향 땅을 다시 밟게 되었네요. 정말 고마워요."

"아니요……, 뭐."

그는 또 머리를 긁적이며 수줍게 웃었다.

"항상 몸조심해요. 다치지 말고요."

"고맙습니다."

나는 그 말을 전하고 기차에 올라탔다.

함께 기차를 탔던 꽤 많던 앳된 처녀들은 아무도 살아남지 못했다. 그저 순이와 나만 질기고 질긴 목숨 줄을 쥐어 잡고 있었다. 꽃분이마저도 우리는 그곳에서 잃었다.

순이와 나는 돌아간다. 고향 집으로.

'이제 정말 돌아갈 수 있는 것일까? 길고 길었던 악몽이 이제 끝인 걸까?'

어느 것이 꿈인지 알 수 없었다. 돌아가는 기차에 올라탄 순간까지도. 설령 고향으로 가는 이것이 꿈이라 하더라도 나는 돌아가야 했다. 꿈에서라도 어머니를 만나 그 품에 안겨 엉엉 울고 싶었다. 복규를 만나고 그 녀석을 으스러지게 품에 안으면 내 쓰라린 상처가 조금은 잊힐 것 같았다.

'우리 복규, 얼마나 자랐을까. 혼자서 어머니 모시고 얼마나 고생을 하고 있었을까.'

조금 더 자랐을 복규를 떠올리며 나는 그 녀석을 만나면 무슨 말을 어디서부터 해야 할지 고민하고 있었다. 다 이야기할 수는 없는 노릇이었다. 돈도 벌지 못하고 가죽신을 만드는 기술도 배우지는 못했지만 견딜 만했고, 지낼 만했다고 그리 말할 생각이었다. 내가 이런 험한 꼴을 당한 줄 알면 어머니도 복규도 피눈물을 흘릴 테니까.

"춘희야, 나는 고향으로 안 가."

창밖으로 고향 땅이 가까워져 가고 있는 것을 본 순이가 말했다.

"응? 안 간다니 그게 무슨 말이야?"

"이 꼴로 어떻게 가겠니? 이 더러운 몸으로 어머니 얼굴을 어떻게 보냐고."

"그래도……."

"어차피 우린 중국에서 죽은 거야. 이미 다 망가져 버린 몸. 이 꼴로 돌아갈 수는 없어."

"하지만…… 순이야, 정말로 안 갈 참이야?"

"응. 나는 못 가. 나를 모르는 사람들이 있는 곳으로 가서 살 테야."

"어디로 가려고?"

"어머니 고향 땅으로 가 보려고. 한 번도 가 본 적은 없지만 바다가 보이는 마을이라고 했어. 끝없이 펼쳐진 바다가 있대. 바다는 세상을 다 품어 준다고 했어. 그러니 바다는 이 빌어먹을 몸뚱이를 가진 나도 품어 주겠지. 나는 그리로 갈 테야. 너 행여나 우리 집엔 말하지 마. 그냥 나 죽었다고 해 줘."

순이는 입술을 꽉 깨문 채 울지 않았다. 고향 땅을 다시 밟을 수 없다는 서러움을 순이는 독하게 이겨 내고 있었다.

그날 양장점 앞에서 '모던껄'이 되어 보자던 순이, 씰룩씰룩 엉덩이를 흔들며 모던껄을 흉내 내며 맑게 웃던 순이. 그랬던 순이가 그저 멍한 눈으로 말했다.

"가. 너는 가서 복규 만나야지."

결국, 그렇게 나는 혼자 고향 땅을 밟았다. 그런데 순이가 옳았다. 고향에 돌아가고 나서야 나는 그것을 깨달았다. 이곳은 내가 돌아와서는 안 되는 곳이었다는 것을.

기차역에 내려서자 가슴이 방망이질해 댔다. 혹시라도 아는 사람의 눈에 띌까 나는 종종걸음으로 집을 향해 걸었다. 잘못한 것은 내가 아니라 그들이었지만, 내가 죄인이 되어 있었다. 저녁 어스름이 질 때, 나는 조용히 내 집 사립문을 열었다.

"복규야! 복규야! 엄마! 엄마!"

내 부름에 아무런 기척이 들리지 않았다. 가슴이 철렁 내려앉은 나는 신발을 신은 채로 툇마루에 뛰어올라 방문을 열어젖혔다. 비어 있었다. 집 안이 텅 비었다. 어머니도 복규도 아무도 없었다.

“찍찍, 찍.”

갑작스러운 인기척에 놀란 쥐가 뽀로록 달려 구들장 아래로 기어들어갔다.

‘엄마……, 복규야……, 어디에 있니?

나는 지친 몸을 모두가 사라진 그 방에 천천히 뉘었다. 나도 이대로 여기서 사라지기를.

그날 나는 내 고향 집에서 달콤한 꿈을 꾸었다.

부엌 가마솥에선 옥수수 삶는 냄새가 피어올랐고, 아버지는 장작을 패고 있었다.

“누이야~ 이 봐라. 내가 누이 좋아하는 금낭화를 뜯어 왔다.”

도톰한 연분홍 방울이 쪼로록 매달려 있는 꽃을 복규가 나무 지게 안에서 꺼내 내밀었다.

“어때? 누이야. 이쁘지? 내 물 한 사발 떠다 주면 내일도 또 뜯어다 줄게.”

내가 떠다 준 물 한 사발을 복규는 꿀꺽꿀꺽 시원하게도 마셨다. 그 모습이 너무 사랑스러웠다.

“누이야, 여기다 심어 줄까?”

“복규야, 거기 말고 저짝에 심어라.”

툇마루에 앉아 있던 엄마가 울타리 밑을 가리켰다. 복규가 그곳에 금낭화를 심었다. 도톰한 꽃이 엄마, 아빠, 나, 그리고 복규처럼 4개가 쪼로록 달린 금낭화였다.

꽃을 심고 있는 복규를 나는 뒤에서 포옥 껴안았다. 품에 쏘옥 들어 온 복규의 머리칼에서 시큼한 땀 냄새가 올라왔다.

"아고. 누이야. 좀 놔라. 내 답답하다."

"복규야……, 복규야……."

나는 꿈속에서 복규를 포옥 안은 채 놓아주질 않고 있었다. 꿈에서라도 복규를 만난 것은 실로 오랜만이었다.

"이 누고? 춘희가?"

그 소리에 나는 꿈에서 깨어났다. 눈을 뜨니 어머니도 아버지도 복규도 모두 사라졌다. 그저 썰렁한 방안의 거미줄에 걸린 이름 모를 벌레만이 눈에 들어왔다.

나를 찾은 것은 순이 어머니였다.

"야야, 니 춘희 맞나?"

순이 어머니가 얼굴을 내밀었다.

"에그머니나, 춘희야, 춘희 맞구나! 사립문이 열려 있어 혹시나 하고……. 아이고 야야. 어쩌자고 이제 오노? 으이?"

아주머니는 나를 보자마자 다리가 풀렸는지 털썩 그 자리에 주저앉았다.

"춘희야, 우리 순이는? 우리 순이는 어쩌고 니만 왔노? 응? 우리 순이는?"

"……."

"아이고, 순이야. 아이고, 아이고, 어데 가서 헤매고 있노. 이노무 가스나가, 아이고."

아주머니가 가슴을 내리치며 그렇게 우는 동안 나는 아무 말도 하지 않았다.

"니도 순이도 다 죽은 줄로만 알았다. 니는 이리 살아 왔는데, 우리 순이는 왜 여적 안 온단 말이냐. 야야 제발 말 좀 해 다오. 우리 순이 살아 있기는 한 거가?"

나는 조심스럽게 고개를 끄덕였다.

"참말이가? 우리 순이 죽지 않고 살아 있다는 거제? 맞제?"

"네."

"니 참말이제? 우리 순이도 곧 오는 기제? 맞제?"

"……."

나는 순이는 돌아오지 않을 거란 말을 하지 않았다.

"그래, 되었다. 참말로 살아만 있으믄 되었제. 살아만 있으믄 언젠가는 에미 품에 돌아오겄제."

아주머니는 아랫입술을 세게 깨물고는 말을 이었다.

"아이고, 내 정신 좀 봐라. 니 밥은 먹었나?"

"……."

"기다려라. 내 밥 한 공기 떠다 줄게. 그래도 니 얼굴을 보니 우리 순이 돌아온 거 맹키로 내가 기운이 난다. 기다려라."

나는 치맛자락을 툴툴 털고 일어서는 아주머니의 손을 붙잡았다.

"아주머니, 우리 복규는요? 우리 어머니는요?"

"야야, 일단 니 밥 한술 뜨고 야그하자."

아주머니는 종종걸음으로 윗집을 향했다. 좁은 마당 위로 햇살이 쏟아졌다. 하지만 내 고향 집은 여전히 스산했다. 여기저기 쳐진 거미줄과 뽀얗게 쌓인 먼지를 보니 꽤 오래도록 비어 있었던 것 같았다.

'복규야, 너는 어디에 있니?'

불길한 마음이 들었지만 나는 절레질을 하였다. 그럴 리 없다고.

"꼭꼭 씹어 많이 먹어라."

순이 어머니가 가져다주신 보리밥을 나는 꾸역꾸역 씹어 삼켰다. 순이 대신 내가.

"내가 언제고 우리 순이가 느닷없이 들이닥칠 것 같아가 매일 매일 순이 밥은 따로 퍼 놓았다 아이가. 그래도 내 오늘은 그 밥을 안 묵히고 니를 멕이는구나. 춘희야, 천천히 묵으래이."

나는 순이 밥그릇에 가득 담긴 밥을 바라보았다. 순이 어머니의 기다림이 고스란히 담긴 밥이었다. 나는 천천히 밥을 비워 나갔다.

"야야, 아고, 춘희야. 니 왜 이제야 왔노. 이 불쌍한 것아."

내가 밥그릇을 겨우겨우 싹 비우고 나서야 아주머니는 눈물을 훔치며 말을 꺼냈다.

내가 그 기차를 타고 떠난 해에 어머니는 결국 돌아가셨다. 약값을 꾸어 준다던 춘삼이 아저씨는 몇 푼 안 되는 돈을 던져 주고는 내내 모른 척했다고 했다.

"그 썩을 인간이 말이다. 복규가 찾아가믄 호랑이같이 승질을 내고 돌려보냈다 안 카이. 누이도 없이 지 어미 살려 보겠다고 그 거이 그리 가서 사정을 하는데도. 그 짐승만도 못한 거이 그거이."

그래도 아버지 친구였기에 나는 춘삼이 아저씨를 믿었다. 내가 어리석게도 믿지 말아야 할 사람을 믿어 버렸다. 그것도 결국은 내 탓이었다.

"복규가…… 그 어린 것이 고생이 이만저만이 아니었지. 그래도 니가 얼른 돌아오면 다 좋아질 끼라고 그리 믿고 있다가 그만……."

끝내 누이 얼굴을 못 보고 눈감은 어머니를 뒷산 아버지 곁에 묻으며 복규는 내내 내 이름을 부르며 울부짖었다고 했다. 그러고 사나흘이 지나고 나서 복규는 나를 찾아 나섰다고 했다.

"어디로요? 어디로 간다고 했나요?"

"춘희야……."

아주머니는 말을 잇지 못했다.

"우리 복규 어디로 갔는데요? 예? 어디로 가야 우리 복규를 찾냐고요! 아주머니! 제발요!"

"복규 못 찾는다. 걔 이 세상 사람 아니란다. 춘희야."

"그럴 리가 없어요. 복규, 우리 복규 어디 있느냐고요! 갈래요. 우리 복규 찾으러 간다고요! 내가 어떻게 살아왔는데요! 우리 복규, 우리 복규 품에 안아 보려고 그래서 이리 왔는데! 그럴 리가 없어요! 우리 복규가 그럴 리가 없다고요!"

나는 울부짖었다. 내 울음소리는 짐승 소리에 가까웠다. 내 울음소리에 동네 사람 몇이 사립문 안을 기웃거렸다.

"에그머니나, 춘희가 돌아왔네. 돌아왔어."

"아이고 어쩐다. 쯧쯧. 불쌍해서 어째."

나는 그날 그렇게 해가 뒷산으로 넘어갈 때까지 울고 또 울었다. 오장육부가 다 찢어지도록. 그저 이 자리에서 질기고 질긴 내 숨통도 끊어지도록. 산짐승 소리를 내며 울고 또 울었다. 아무도 그런 나를 더는 말리지 못했다.

복규는 꽃분이 아버지와 함께 나를 꼬드겨 기차에 태웠던 춘삼이 아저씨를 만나러 갔다고 했다. 몇 달만 나가 돈 벌어 온다던 꽃분이가 두 해가 넘도록 소식도 없이 돌아오지 않자, 꽃분이 아버지는 반미치광이가 되어 밤마다 술을 먹고 울부짖었다고 했다.

그날, 춘삼이 아저씨는 자신의 목에 낫을 들이대고 번뜩이는 눈으로 쏘아보는 꽃분이 아버지에게 우리가 중국 어딘가로 팔려갔다고 했다.

"머시여? 내 딸을 니가 팔아먹었다는 것이여? 시방?"

눈이 뒤집힌 꽃분이 아버지는 시퍼런 낫을 춘삼이 아저씨 목에 들이대었다.

"좋은 자리에, 저기 어드메 구두공장 자리에 취직시켜 준다 혔어? 안 혔어? 여태껏 나헌테 곧 온다고 돌아올 거라고 쪼매만 기둘리라고, 니놈이 내를 도대체 월매나 속인 겨? 그래놓고 이제 와 팔아넘겼다고야? 내 니를 여서 당장 죽여 뿔 것이여."

"잘못했구먼. 제발 살려 주게. 나도 어쩔 수 없었네. 동네 처녀들 머릿수를 맞춰 데려오지 않으면 나도 모가지가 날아갈 판이었구먼. 살려 주게, 제발. 꽃분이랑 춘희랑 돌아올 거라네. 참말이여."

"네 놈이 사람인 겨? 자슥 같은 딸애들을……. 니가 이놈아! 네 놈이 인두겁을 쓴 버러지만도 못한 놈인 것은 진즉에 알았다만. 야 이놈아, 내 지금 여기서 당장 네놈 모가지를 딸 것이다. 이놈아."

"이보게. 꽃분이 아부지. 제발 나를 살려 주게. 제발 이러지 말라고. 응?"

"야 이놈아, 니 목숨이 이리 귀한 놈이 남의 딸자식 팔아넘기고 두 다리 뻗고 잠이 오드냐?"

꽃분이 아버지는 낫자루를 단단히 쥐고는 복규에게 소리쳤다.

"복규야, 내 이놈을 여서 죽여 버릴 것이니 복규 너는 가서 우리 꽃분이랑 느그 누이 춘희를 찾아 델꼬 와라. 알긋제?"

복규는 두 주먹을 불끈 쥐었다. 어린 복규의 눈에서 시퍼런 불꽃이 튀었다.

"아니요. 내 누이 복수는 내가 하렵니다."

복규가 춘삼이 아저씨에게 달려들었을 때, 꽃분이 아버지가 복규를 밀치고 들고 있던 낫으로 춘삼이 아저씨의 목을 단번에 베었다.

"복규야, 가라. 어서! 최 대감님 댁으로 가라. 어서! 싸게 가랑께!"

춘삼이 아저씨의 목에서 피가 솟구쳤다. 어린 복규는 휘청거리는 걸음을 옮겨 최 대감님 댁으로 갔다고 했다.

"최 대감님 댁 도련님이 중국에 계신다는 걸 알 만한 사람은 다 알고 있었으니까. 지푸라기라도 잡아 보려고 그리 보낸 게지."

그날 이후로 복규는 그림자도 보이지 않았다고 했다. 일본 순사들도 복규를 찾아 내지 못했고, 꽃분이 아버지만 잡혀가 처형당했다고 했다. 아무리 조선 사람이라 해도 춘삼이 아저씨는 일본 앞잡이 노릇을 하던 일본 순사였고 그의 목을 베어 버린 꽃분이 아버지가 무사할 리 없었다.

"춘삼이 그 인간은 내가 씹어 먹어도 시원찮은 인간이제. 하믄. 자슥 같은 동네 처녀들을 꼬드겨서……. 우리 순이는 여적 돌아오지도 못하고."

순이 아주머니는 눈물을 계속 훔쳐 내었다.

"내가 물으러 가면 그 인간이 곧 온다 해서. 내는 그 말만 찰떡같이 믿고 있었는데, 세상에 일본 놈들한테 팔아넘긴 줄 알았으면……. 내가 가서 그 인간을 죽였어야 했는데……."

나는 넋이 나간 채로 그 이야기를 마저 듣고 있었다.

"이눔의 눈물은 마르지도 않는다. 춘희야. 내 가슴을 치고 땅을 치고 여적 어떻게 살아왔는지도 모르겠다. 그래도 니가 이리 살아 돌아와 우리 순이도 곧 올 거라고 하니……. 내 우리 순이 얼굴 보고 죽을라꼬 여적 살았는갑다. 춘희야, 꽃분이도 살아는 있는 거제? 제 아비가 저리 갔으니 어디서라도 살아는 있어야 하는데……. 우리 순이랑 같이 손 붙잡고 돌아와야 할 낀데……."

나는 냇가에서 꽃을 꽂고 빙그르르 춤을 추던 꽃분이를 떠올렸다. 일본놈들이 우리를 산 채로 묻어 버리려 한 날, 흙에 뒤덮힌 채로 총에 맞아 고꾸라지던 꽃분이를 떠올렸다.

'꽃분아, 너는 아버지 만났니? 지금 아버지 무동 타고 노래 부르고 있는 거니?'

다음 날, 해가 뜨자마자 나는 최 대감님 댁으로 향했다.

"춘희, 니 춘희 맞지? 복규 누이 춘희. 마님, 나와 보세요. 마님!"

행랑아범의 목소리를 듣자마자 안방마님이 버선발로 뛰어나왔다.

"춘희야. 아이고. 춘희 맞구나. 너 살아 있었구나. 살아 있었어. 잘 왔다. 잘 왔어. 어서 들어와라."

안방마님은 내 손을 잡고 나를 방으로 이끌었다.

"그래, 어디 다친 데는 없고? 응?"

나는 안방마님의 손을 잡고 그저 울었다.

"마님, 저 도련님을 좀 뵈러 왔어요. 우리 복규……."

"그래, 그래. 암 알고말고."

안방마님이 내 등을 한참을 쓸어줄 때 방문이 열리고 도련님이 들어오셨다. 도련님은 한눈에 봐도 병색이 짙었고, 한쪽 발을 심하게 절고 있었다.

"도련님……."

그는 나에게 손에 들려 있던 접힌 종이를 내보였다.

"복규가 누이를 만나면 전해 주라고."

나는 조심스럽게 접힌 종이를 펼쳤다.

「김복규 누이 김춘희」

삐뚤빼뚤한 글씨체로 복규의 이름과 내 이름이 적혀 있었다. 그리고 떨리는 손으로 그린 듯한 내 얼굴이 그려져 있었다. 그 종이 위로 내 눈물이 자꾸만 떨어졌다. 닦아 내어도 또 닦아 내어도.

"꺽. 꺽. 꺽."

내 목에서 또 짐승 소리가 새어 나왔다. 나는 그렇게 한참을 울었다.

"함께 돌아왔어야 했는데 그러질 못했네요. 정말 미안해요."

그날, 복규는 최 대감님 댁에서 도련님 계신 곳을 기어이 알아내 먼 중국 땅으로 떠났다고 했다.

"고집이 어지간했어야지. 내가 그때 끝까지 말렸어야 했는데……. 내 자식 고집도 못 말리는 내가 어찌할 도리가 없었다. 춘희야, 정말 미안하다."

안방마님이 옷고름으로 눈물을 훔쳤다.

우여곡절 끝에 중국에서 도련님을 만난 복규는 광복군에 합류하여 일본군에 맞서 싸웠다고 했다. 게다가 조선 처녀들이 있다는 곳이면 그곳이 어디든 제일 앞장서서 나가 싸웠다고.

"어린 녀석이 물불을 안 가리고……. 그날도 그곳에서 폭탄이 터질 줄은 우리도 미처 예상을 못 했어요."

도련님이 다리를 매만지며 말했다. 아마 저 다리도 그때 저리 된 것 같았다.

"복규가 우리한테 아주 큰 도움이 되었답니다. 조선인들도 여럿

구했고요. 누이 찾겠다고 나선 길이었지만 복규가 제 목숨도 여러 번 살렸어요. 그래서 이렇게 혼자만 살아왔네요. 정말 미안합니다."

안방마님과 도련님은 거듭 미안하다고 했다. 모두가 다 내 죄일 뿐 그들이 무슨 죄일까.

중국 상해 근처 어느 이름 모를 산 위에 복규를 잘 묻어 주었다고 했다. 나중에라도 꼭 한번 찾아가 보자고 도련님은 그리 말했다.

"복규가 늘 누이 이야기를 했어요. 불쌍하고 가엾은 누이 꼭 찾아서 고향으로 돌아갈 거라고. 저 그림을 밤마다 그리면서도 누이가 너무 고와서 그림으로 잘 그려지질 않는다며 그리 자랑을 했었답니다. 복규는 늘 씩씩했어요. 어린놈이 힘들고 두려웠을 법도 한데 저 그림을 가슴에 품고 늘 웃었으니까요. 그러니 지금 많이 힘들겠지만, 복규 생각해서라도 이겨 내요."

나는 이제 정말 죽었다고 생각했던 그때, 산 채로 흙을 덮어쓰고 죽었을 수도 있었던 그때, 내 눈앞에 나타났던 앳된 조선 군인이 떠올랐다. 나에게 '괜찮아요?'라고 묻던 이의 얼굴. 맑디맑은 눈을 가진 어린 소년. 복규도 그 어린 소년처럼 그렇게 전쟁 통에서 나를 찾고 다녔단 말인가. 그 작은 손으로 나무나 하고 꽃이나 꺾어 오던 복규가 총을 들고 사람들을 죽여 가며 나를 찾고 있었다니.

복규가 나를 살렸다. 나 대신 복규가 죽었다. 내가 질긴 이 목숨줄을 이리 붙잡고 있지 않았더라면 복규는 살 수 있었을까?

나는 터덜터덜 집으로 돌아왔다. 복규도 어머니도 없는 고향은 더는 내게 고향이 아니었다. 하지만 달리 몸을 뉘일 곳을 찾을 수 없었다. 그렇게 나는 그냥 숨을 이어 붙인 채 억지로 그곳에서 살아 내고 있었다.

그날, 끔찍한 악몽에 소스라치게 놀라 깨었을 때는 새벽 어스름이 비껴가고 있는 이른 아침이었다. 나는 뜬 눈으로 꼼짝도 안 하고 그대로 누워 있었다. 몸을 뒤척이는 것도 성가셨다. 집 앞을 지나가는 이들의 발걸음 소리가 들려왔다.

"아니, 춘희는 돌아왔다더니만 어째 코빼기도 안 비춘대?"

"아이고. 그 정신에 어디 돌아다닐 수나 있겠어? 쯧쯧. 불쌍해서 어째. 자식처럼 챙기던 제 동생도 그리되었는데……."

"그러게 말여. 춘희 팔자가 세구먼."

"곱상하니 생긴 거이 딱 팔자 세게 생겼다 안 했나? 내가."

"쯧쯧. 그나저나 중국에 팔려갔다가 왔다더니만 뭔 일을 하다 왔는지 들었어?"

"워째 돌아온 꼴은 돈 몇 푼 벌지도 못한 것 같더구먼. 안 그려?"

"누가 그러던데 말야. 일본 놈들에게 몸 파는 곳이었다드만."

"에그머니나. 정말이여?"

"쯧쯧. 화냥년이 되어 왔네. 화냥년."

'화.냥.년.'

나는 그 소리에 정신이 번쩍 들었다.

"니들 시방 뭐라 한 겨? 으이?"

순이 어머니 목소리였다.

"어느 년이여? 어느 년이 지금 그딴 소리 혔어? 이리 나와 보라고!"

"어매. 왜 이래, 순이 엄마. 틀린 소리 한 것도 아니구먼."

"뭐여? 그걸 지금 말이라고 했나? 으이? 내 그 주둥이를 찢어버려야겠구먼. 너 이년 이리 와 봐라. 이 오라질 년."

"아구 아구 사람 살려."

"순이 엄니, 왜 이래? 아구 이러지 마소. 쫌."

밖이 시끄러웠지만 나는 다시 눈을 감았다. 온몸에 쭈뼛쭈뼛 소름이 돋았다.

"찍찍 찍찍찍."

새벽 쥐의 울음소리가 들렸다. 마치 제 집을 인제 그만 내놓으라는 것 같았다. 여긴 네가 다시 돌아올 곳이 아니었다고.

나는 그날 밤 조용히 고향을 떠났다.

고향을 떠나 이곳저곳을 떠돌며 나는 그냥 하루하루를 살았다. 나는 몸을 아끼지 않고 일했다. 손톱이 빠지도록 조개를 캐기도 했고, 눈알이 벌게지도록 바늘귀를 꿰었다. 몸이 고단해야 잠을 잘 수 있었으니까. 한 동네에 자리를 잡고 살 만해지면 나는 또 짐을 쌌다.

모두가 나에게 '화냥년'이라고 손가락질을 하는 것 같았다. 그렇게 짐을 싸고 풀던 어느 날 전쟁이 일어났다.

8 희주 / 우리가 가진 비밀

희주는 왕 할머니의 유해가 바다 위에 뿌려지는 것을 지켜보고 있었다.

왕 할머니의 마지막 말씀이었다고 했다. 용궁사 앞바다 위에 뿌려 달라고. 왕 할아버지가 계시는 작은 절에 함께 모시려고 했는데, 왕 할머니께서 끝끝내 바다로 돌아가고 싶다고 하셨다고 했다. 그렇게 할아버지의 손끝에서 왕 할머니의 유해가 바다 위로 흩날렸다.

"왕 할머니…… 나의 춘희 씨."

희주는 조용히 할머니 이름을 불러 보았다.

때마침 불어오는 봄바람이 희주의 머리카락을 흐트러뜨렸다.

마치 까칠한 왕 할머니의 손이 쓰다듬는 것처럼.

태호가 준석이를 흠씬 두들겨 팬 이후로 학교는 하루도 조용할 날이 없었다. 도망치듯 부산에 다녀온 희주의 마음도 여전히 복잡했다. 태호는 그날 이후로 학교에 나오지 않았고, 태호 대신 준석이 엄마가 매일같이 학교에 드나들었다. 아이들 사이에선 뜬소문이 파다하게 퍼져 나갔다.

"김희주, 넌 알고 있었어?"

아이들이 희주 책상 주변으로 몰려들었다. 희주는 그저 가방에서 문제집을 꺼내 풀기 시작했다.

"이은채가 양다리였다며?"

"얌전한 고양이가 부뚜막에 먼저 올라간다더니. 이은채 정말 대박."

"그러게 말이야. 그렇게 한 명도 아니고 두 명이랑 연애질하면서 SKY반엔 어떻게 들어간 거래?"

"야! 김희주, 말 좀 해 봐. 너 은채랑 단짝이잖아."

희주는 신경질적으로 문제집을 덮고 소리쳤다.

"누가 그래? 내가 이은채랑 단짝이라고! 나도 니들하고 똑같아. 아는 거 하나도 없으니까. 제발 좀 꺼져 줄래?"

"쳇, 아는 게 없으면 없는 거지, 신경질은. 별꼴이야, 정말."

아이들은 뒤돌아서서도 내내 태호와 준석이 이야기였다.

"태호는 이제 학교 못 다닐걸? 준석이 엄마가 퇴학시킨다고 난리도 아니라며."

"당연하지. 그 아줌마가 그냥 놔두겠냐."

"근데 준석이는 왜 학교에 안 나와?"

"코뼈 좀 부러지고 이리 오래 입원할 정도는 아니라는데, 준석이 엄마가 병원에 붙잡아 둔 모양이더라고."

"근데 이태호 정말 너무한 거 아니냐? 여친도 뺏고 뭘 잘했다고 주먹질까지. 적반하장도 유분수지. 난 이태호 이번 기회에 퇴학당해야 한다고 본다. 안 그래?"

희주는 자리에서 벌떡 일어났다.

'아니야! 너희들이 뭘 알아? 퇴학은 최준석 그 새끼가 당해야 한다고! 진짜 나쁜 놈은 준석이라고!'

희주는 속에서 불같이 끓어오르는 말을 입 밖으로 꺼낼 수 없었다. 움켜쥔 두 주먹이 바르르 떨릴 뿐이었다. 태호는 준석이가 은채에게 했던 몹쓸 행동을 다 알고 있는 것이 분명했다. 그렇지 않고서야 그렇게 무자비하게 준석이를 때려눕혔을 이유가 없지 않은가.

'아직은 아무에게도 이야기하면 안 된다고 신신당부를 하던 은채가 태호에게는 왜 이야기를 했을까? 둘이 언제 그렇게 가까워졌을까? 정말 은채랑 태호가? 어떻게 나를 이렇게 감쪽같이…….

아니, 나는 어쩜 바보같이 조금도 눈치 채지 못했을까? 나는 정말…… 후우…….'

희주는 맥없이 털썩 의자에 주저앉았다.

"난 완전 내숭 떨며 양다리 걸친 은채가 더 뻔뻔한 것 같아. 고상한 얼굴로 감쪽같이. 안 그래?"

그때, 은채가 교실로 들어섰다.

"아우, 재수 없어. 얘들아, 얌전한 고양이 떴다."

아이들은 은채를 대놓고 비아냥거렸다.

"으~ 무섭다, 무서워."

은채는 그렇게 아이들의 이야기를 다 듣고 있으면서도 한마디 반격을 하지 않았다. 그렇게 아이들끼리의 뜬소문은 진실이 되어 가고 있었다. 희주는 이 모든 상황이 불편하고 싫었다.

하지만, 지금 희주는 태호와 은채의 관계를 인정할 수 없었다. 가장 친한 친구였던 은채의 배신을 용서할 수 없기 때문이다. 그렇게 희주와 은채는 멀어져 갔다.

은채의 소문은 학교 전체로 다 퍼져 나갔다. 다른 학년에서도 은채가 누군지 보기 위해 쉬는 시간이면 교실 창문이 북적였다. 은채는 급식도 혼자 먹거나 먹지 않고 거르는 날이 많아졌다. 날로 수척해지는 은채의 얼굴, 텅 비어 있는 태호의 빈자리를 보며 희주는 마음이 좋지 않았지만 별다른 방법이 없었다.

'나도 죽을 것 같다고. 너만큼이나 나도 힘들어 죽겠다고 이은채. 우리가 이렇게 된 건 다 네 탓이야. 네가 우리의 우정을 다 갉아먹었어.'

그렇게 은채를 원망하는 것밖에 별다른 방법이 희주에게는 생각나지 않았다. 하루하루가 희주에게는 그렇게 벅차고 힘들었다. 누구에게라도 위로를 받고 싶었지만, 희주 곁엔 아무도 없었다. 엄마마저도.

"희주야, 오늘도 준석이 엄마 학교에 왔었니? 요즘 아주 눈이 돌아서 날뛴다던데……."

현관문에 들어서자마자 희주 엄마는 기다렸다는 듯이 희주를 붙들었다.

"내가 그걸 어떻게 알아?"

"아우 참, 궁금해 죽겠는데. 이리 와서 앉아 봐. 엄마랑 얘기 좀 해. 응?"

"엄마, 제발 엄마라도 좀 나를 내버려 둬!"

희주는 엄마의 손을 뿌리쳤다.

"어머 얘 좀 봐. 너 왜 집에 오자마자 짜증이니?"

"엄마! 나 정말 피곤해. 집에서라도 좀 쉬면 안 돼? 이놈의 집구석 정말 엄마까지 왜 이러냐고?"

"얘, 엄마가 뭘 어쨌다고 그러니? 그리고 뭐? 집구석? 너 그게 무슨 말버릇이야? 정말 오냐오냐했더니 아주 그냥 끝도 없구나?"

"엄마, 도대체 왜 이렇게 나한테 집착해? 내 학교, 내 학원, 내 친구…… 내 일 아니면 엄마 할 일이 그렇게 없어? 엄마, 제발 엄마 인생을 살아. 나한테 이렇게 들러붙어서 흥밋거리를 찾지 말라고!"

"뭐? 너 지금 엄마한테 말 다 했니?"

"왜? 좀 더 해 줘? 그렇게 아빠한테 집착하다가 아빠가 엄마한테 질려서 떨어져 나간 거라고. 이젠 나까지 그렇게 만들려고 하는 거야? 나 정말 엄마 때문에 미쳐 버릴 것 같아! 그러니 제발 좀 그만하라고!"

"찰싹!"

희주 엄마의 손이 희주의 뺨을 세게 내리쳤다. 희주는 그런 엄마를 노려보았다. 자신도 모르게 딸의 뺨을 내리친 희주 엄마는 당황한 얼굴이었다.

"희주야…… 미안해. 엄마가…… 나도 모르게……."

"됐어! 관둬!"

희주는 눈가가 빨개진 엄마를 보았지만 쌩하니 방으로 들어와 버렸다. 방으로 돌아온 희주는 침대에 엎드려 울었다.

엄마에게 그렇게까지 쏘아붙인 게 후회스럽기도 했고, 엄마에게 맞은 뺨이 얼얼하기도 했다. 그래서 그냥 실컷 엉엉 소리를 내며 울었다. 희주는 엄마가 많이 외롭다는 것을 잘 알고 있었다.

조금씩 엄마의 외로움을 깨닫게 된 이후로 희주는 엄마의 성가신 집착을 그저 감당하기로 했었다. 오늘처럼 예민한 희주를 건드린 날엔 희주도 참을 수 없어 엄마에게 짜증을 내긴 했지만.

이런 날이면 사실 희주는 그저 은채를 찾아가곤 했다.

"희주야, 왜? 무슨 일 있어?"

"아니. 그냥. 집에 있기 답답해서."

"그래? 음…… 그럼 희주야, 달달한 마카롱 어때? 꿀꿀할 땐 그게 최고거든. 가자, 내가 쏠게."

은채는 희주의 기분을 맞춰 주기 위해 평소와 다르게 수다스럽기도 했고, 가끔은 작은 일탈을 제안하기도 했다.

"우리 시험 끝나면 홍대 한번 나가 볼래? 방 탈출 카페가 그렇게 재미있다더라."

"야! 우리 엄마가 보내 주겠니?"

"나랑 영화 본다고 하면 되지 뭐. 안 그래?"

"음…… 그럴까? 좋아!"

그러면 또 며칠 희주는 비밀스러운 일탈을 꿈꾸며 엄마 때문에 쌓여 가는 스트레스를 잊을 수 있었다.

희주는 언젠가는 엄마 때문에 쌓여 가는 아픔과 상처를 은채에게 털어놓아야겠다고 생각했다. 하지만 늘 입을 떼기가 힘들었다.

아주 어렸을 때부터의 이야기들. 소소했던 상처들과 그때의 두려움을 꺼내는 것이 희주에게는 너무 어려운 일이었다. 조금씩 무뎌져 가고 있는 그것들을 다시 끄집어내고 나면 그것을 희주 자신이 다시 감당할 수 있을지 두려웠기 때문이었다.

희주가 집안 속사정을 다 말하지 않아도 은채는 그저 곁에 있어주었다. 친구란 그런 것이라고 생각했다. 아픈 나를 다 드러내지 않아도 그저 위안이 되는 것.

'희주야. 미워한다는 것은 용서하고 싶은 마음이란다.'

희주는 왕 할머니의 말이 떠올랐다. 희주는 또다시 엎드려 엉엉 울었다. 미워하는 마음을 멈추고 싶었지만, 차마 용서할 수도 없는 희주는 엉엉 우는 것 외에는 아무것도 할 수 없었으니까.

9
춘희/봄날

나는 늘 사랑이 고팠다오.
하지만 그 사랑이 늘 두려웠지.
그래서 가까이할 수가 없었어.
사는 게 죽기보다 싫었지만,
이토록 오래 살아남았던 것처럼.
나는 고픈 사랑이 늘 두려웠고,
죽기보다 싫은 삶이 끝끝내 나를 살게 했지.

부산은 또 다른 전쟁터였다.

총탄에서 살아남은 사람들이 이제는 굶주림에서 살아남기 위해 버티고 있었다. 나도 살아 내야 했다. 나에게도 이제 복규가 있었으니까. 내 등에 딱 붙어 쌔근쌔근 잠이 든 아이. 내 등에서 녀석의 심장이 느껴졌다. 그 따스함이. 그래서 살고 싶어졌다. 그렇게 살아야 할 핑계를 복규에게서 찾을 수 있었다.

가지고 있던 돈이 바닥이 난 뒤로 어떻게든 살아야 했기에 나는 며칠 이 집 저 집을 돌며 동냥을 했다. 등에 업힌 복규가 없었다면 어디 가서 하루 입에 풀칠할 일거리를 찾아볼 수도 있었겠지만 그럴 수 없었다. 피 흘리고 죽어 가던 복규 친어미의 그 눈빛이 떠올라 나는 한시도 복규를 떼어 놓을 수 없었다. 장사치들에게 다가가 일손을 좀 거들겠다 하여도 모두들 손사래를 쳤다. 그저 식은 감자 몇 개를 손에 쥐여 주는 것이 전부였다. 모두가 다 제 살기에 바빴기에 물 한 바가지도 귀했고, 멍석을 깔고 누울 자리도 귀했다.

할매를 만난 그날은 종일 아무것도 먹지 못한 날이었다. 시장에 시래기를 푹 끓여 파는 국밥집 앞에서 나는 멈춰 섰다. 오늘은 이 집 장사가 끝이 나면 뭐라도 좀 얻어먹을 참이었다. 나는 주변을 서성거리며 장사가 끝나기를 기다리고 있었다.

"야야, 거 안에 들어가 그릇 좀 더 가져온나."

국을 퍼 담던 주인 할매가 말했다. 나는 잘못 들었나 싶어 그 자리에 멈춰 섰다.

"쟈가 와 저리 그냥 서 있노? 야야 니 여 바쁜 거 안 보이나? 퍼뜩 드가가 그릇 좀 더 가져오라카이."

나는 얼떨결에 할매의 일손을 거들기 시작했다. 다행이다 싶었다. 이리 거들고 나면 국밥 한 그릇은 얻어먹을 수 있지 싶었다. 복규에게도 꼭꼭 씹은 밥 한 순갈 먹일 수 있다고 생각하니 종일 주린 뱃속이 갑자기 든든해졌다.

해가 다 저물고 나서야 할매는 장사를 접었다. 나는 잔일거리까지 몸이 재게 움직였다.

"됐다, 고마해라. 이리 온나. 밥 한술 같이 뜨자."

할매가 내 앞에 국밥 한 그릇을 내밀었다. 나는 업고 있던 복규를 앞으로 당겨 안고 꼭꼭 씹어 뱉은 밥을 입안에 넣어 주었다.

"고 얼라 이름이 뭐꼬?"

할매가 물었다.

"복규, 김복규요."

"고놈 참 복 있게 생겼다. 아 아비는?"

"……."

"쯧쯧쯧. 괘안타. 이 난리 통에 자식 하나라도 건사했으믄 된 거 아이가. 어여 묵어라."

나는 허겁지겁 국밥을 입에 몰아넣었다. 뒤집힌 창자가 다시 자리를 잡느라 요동을 쳤다.

"천천히 묵어라."

할매는 내 앞으로 국밥 한 그릇을 더 내밀었다.

"니 어디 가 누울 곳은 있나?"

"……."

"쯧쯧. 그래, 니 꼴이 그럴 것 같더라마는. 마땅히 갈 곳 없음 다 묵고 따라 들어온나."

할매의 작은 가게 뒤로는 방이 하나 딸려 있었다. 넓지는 않았지만, 세간살이도 제법 다 갖추어져 있었다. 내가 쭈뼛거리며 망설이자 할매가 내 손을 잡아끌었다.

"니는 에미 아이가? 얼라 생각해서 들어온나. 지금 이 판국에 체면 차릴 정신이 있나?"

내 손을 꼭 잡은 할매의 주름진 손등 위로 내 눈물이 뚝뚝 떨어졌다. 나는 그저 울었다. 울음을 참을수록 목구멍 가득 꾸역꾸역 설움이 차오르고, 그것이 이내 눈으로 쏟아져 내렸다. 아직도 내 눈물이 남아 있는 것이 신기했다. 할매는 한참 동안 내 등을 쓰다듬어 주었다.

"내 니 맘 안다. 이 난리 통에 다들 살고 싶어 살겠나. 죄다 못 죽어서 산다. 내도 자슥 땜에…… 그놈 자슥 언제 살아 올까 싶어가 이리 죽지도 못하고 기둘리며 산다. 내가 살아 있어야 언제고 다시 만날 거 아이가. 서방은 일본 놈들이 때려죽이고, 하나뿐인 아들은 일본 놈들이 빼앗아 가뿌렸으니……. 내는 이 머리 위로 포탄이 떨어진다 캐도 여 가만히 앉아 기둘릴 끼다. 우리 아들 살아올 적꺼지."

할매는 잠든 복규의 머리를 연신 쓰다듬으며 말을 이어 갔다.

"우리 아들 이름이 금복이다. 김금복이. 귀하게, 복 있게 크라고 지 애비가 그리 지어 주었으니 이름값 하려고 그 자슥 어디고 살아 있을 끼다. 암만. 살아 있고말고."

그날 이후, 나는 할매와 국밥을 팔았다. 할매는 돈을 받지 않고 파는 국밥이 더 많았지만, 그럭저럭 장사는 잘되었다. 할매는 보름에 한 번 내게도 품삯을 쳐 주었다. 내가 한사코 거절했지만 할매는 기어이 내 속 고쟁이에 돈을 끼워 넣어 주었다.

"받아라. 니 언제까지 여기 있을 낀데? 후딱 모아가 새로 시집을 가든지 해야 할 거 아이가."

"시집은요. 무슨. 저 그냥 여기서 살래요."

"됐다, 마. 내도 성가시다. 어디 좋은 놈 나타나믄 쫓아가라."

나는 그런 할매가 엄마 같았다. 내가 죽기 전엔 만날 수 없는 우리 엄마. 할매도 그런 나를 딸로 대했다.

"거시기 그짝은 누고?"

국밥을 먹다 말고 사람들이 내가 누구냐 물으면 할매는 답했다.

"보믄 모르나. 내 막내제."

"아이고, 딸이 있었나?"

"노망났나? 내 딸 있는 것도 잊어뿟나? 이 국밥집은 우예 찾아 왔노. 참말로."

할매는 그리 말하고는 나를 쳐다보고 웃었다. 나도 할매를 따라 웃었다.

나는 정말이지 이대로 살고 싶었다. 나는 할매를 엄마 삼아 복규를 아들 삼아 이대로가 참 편하다고 생각했다. 할매와 나는 고된 하루가 끝나면 복규의 재롱을 낙으로 살았다. 복규가 걸음마를 시작하고 말을 배웠다.

"하무이. 하무이."

"어무이. 어무이."

복규의 입에서 처음으로 할머니 소리가, 엄마 소리가 터져 나왔을 때 나는 심장이 터질 듯한 감동을 느꼈다. 그렇게 하루가 다르게 아이는 자라고 있었고 붙잡지 못하는 세월은 흘렀다.

그렇게 살아 내던 중에 그이를 만났다.

그 사람은 언제부터인가 매일 저녁이면 국밥집에 나타났다. 혼자 들어와 국밥 한 그릇을 시키고 국밥을 다 먹으면 상 위에 셈을 치르고는 나갔다. 매일 그저 들어와 먹고는 갔다. 어쩌다 그이가 보이지 않으면 나도 모르게 기다려졌다.

"오늘은 배가 안 들어왔나? 어째 사람이 안 보이노?"

그이가 기다려지는 날이면 할매도 내 대신 그이를 찾았다.

내가 누군가를 만나 사랑을 한다는 것은 단 한 번도 생각해 본 적이 없었다. 나는 그럴 수 없는 몸이었으니까.

그러던 어느 날, 할매, 아니 새엄니가 나를 불러 앉혔다.

"복규 에미야, 니 이제 이 집서 나가라. 저짝 따라나서라."

새엄니는 그이를 가리키며 말했다.

"네? 그게 무슨 말씀이세요?"

"저짝이 니한테 맴 있는 거 니도 알제? 가만 보이 니도 맴이 아주 없는 거는 아인 거 같고. 그러니 인제 그만 저짝 따라나서라."

"엄니, 흉한 소리 하지 마소. 저는 안 갑니다."

단호히 도리질을 쳤지만, 새엄니는 그날 밤에도 그 이야기를 이어했다.

"니 이리 시퍼렇게 젊은 처자가 언제까지 과부 노릇 할 끼고? 복규도 애비가 있어야 하지 않겠나?"

"엄니요. 내는…… 못 가요. 그이한테 갈 수가 없어요."

"와? 니 복규 땜시 그러나? 지금 세상에 둘도 없이 귀한 기 아들이다. 그 귀한 아들을 누가 마다하겠노. 데불꼬 가라. 괘안타. 내 사람 볼 줄 안다. 속이 실한 사람이다. 그러니 걱정 말고 가라."

"알아요. 실한 사람인 거."

"그래. 내 지켜보니 달리 가족도 없는 거 같고, 배 들어오는 날이면 저리 몸 축나는 일을 열심히 하지 않나. 남자는 별거 없다. 성실하게 처자식만 안 굶기면 되는 기다. 알긋나?"

"엄니, 그래서 싫어요. 너무 실하고 착한 사람이라 못난 내가 못 간다고요."

"아이고, 못나기는. 우리 시장통에서 니만 한 인물 있드나? 니 느무 젊고 곱다. 느무 고와가 내가 애가 타서 그런다."

"내가 정말 곱소?"

나는 금세 눈물이 쏟아질 것 같은 눈으로 할매를 올려다봤다.

"하믄, 곱제. 아직 창창하니 젊고 너무 고와가 걱정이다. 어디 시원찮은 썩을 놈 눈에 들어가 니 더 사나운 팔자 될까 싶어 그러니 괜찮은 임자 있을 때 따라가거라."

"내는…… 못 가요."

나는 울었다. 피눈물이 쏟아졌다. 내게 사랑이 가당키나 한가. 더럽혀지고 더럽혀진 몸뚱이인데……. 억울했다. 온 세상이 다 원망스러웠다. 이러려고 살았나. 수없이 죽을 고비를 넘기고 살아남은 내가 미웠다. 그냥 죽어 버릴 걸 그랬다고. 병신처럼 왜 죽지도 못했느냐고 내 가슴을 쳤다. 이리 아플 줄 알았으면 살아서 오지 말았어야 했다. 어떻게든 살아 보려고 안간힘을 쓰지 말았어야 했다.

"나는요…… 나는…… 갈 수 없는 몸이에요."

나는 오래도록 꾹꾹 눌러 담았던 내 이야기를 꺼냈다.

어디서부터 어떻게 무슨 말을 했는지 기억도 나질 않는다. 그저 입으로 나오는 말을 주워 담지 않았다. 다 털어내고 그저 저 바닷물에 빠져 죽어야겠다는 생각뿐이었다.

"니 그거이 참말이가?"

"……."

"세상에 신발공장이 아니라, 군인 받는 공장이 있었단 말이가."

"……."

"아고마, 일본 놈들이라면 그리하고도 남았다. 우야노. 내 니를 불쌍해서 우야노. 이 젊디젊고 이쁜 것을 우야노. 내 니를……."

할매는 울었다. 나보다도 더 큰 소리로, 더 목 놓아 울었다. 그런 할매가 그저 고마웠다.

"복규 에미야."

새엄니가 나를 불렀다.

"단디 들어라. 니는 내 딸이다. 맞제?"

"……."

"험한 일 당한 것은 잊어라. 알긋나? 새로 살아라. 그저 새로 살아라. 다 잊고 새 사람으로 살아라. 으이?"

내 가슴 속에서 수백 번 수천 번 외치던 그 욕심을 새엄니가 대신 말해 주고 있었다. 새로 살고 싶다고. 나는 몸뚱이가 다 망가진 개성 살던 춘희가 아니라고. 나는 이제 그냥 국밥집 막내 복규 에미라고.

“니 잘못한 거 읍다. 니가 뭔 잘못을 했노. 여태 이만큼 버텨 왔으면 이제는 새로 살아도 된다. 춘희야, 니 이름대로 살아라. 오늘부터 새로운 봄날이 온 것처럼 인제 그만 하루하루 기쁘게 살거라. 으이?”

그날 밤 나는 밤새 구역질을 했다. 창자 속까지 다 비워 버리고 싶었던 걸까. 새벽녘까지 토악질을 한 후 허옇게 질린 얼굴로 떠오르는 해를 바라봤다.

‘엄마, 아부지, 복규야. 나 다시 살아도 될까? 그래도 될까?’

그리고 돌아오던 봄에 그이와 나는 국밥집 세간을 넓혀 방을 하나 더 내었다. 새엄니는 한사코 따로 나가 살라 했지만 그리할 수는 없었다. 혈혈단신이었던 그이도 그게 좋겠다고 했다. 그렇게 그 국밥집에서 나는 가족을 꾸렸다. 새엄니 말처럼 하루하루가 새로운 봄날인 듯 그저 걱정 없는 하루하루였다.

10 희주/벚꽃 추억

"아버님, 어머님. 오늘은 푹 쉬세요."

"그래, 느그들 잘 올라가래이. 고생혔다."

"우리 희주도 욕봤데이."

모두 이제 일상으로 돌아간다.

희주는 할아버지 댁 대문을 나서기 전 마당 한가운데에 심어진 벚나무를 올려다봤다. 솜사탕처럼 뽀얀 연분홍 꽃잎이 가지 끝마다 탐스럽게 피어 있었다.

'왕 할머니가 안 계신 이 집 마당에서 내년에도 내후년에도 저 나무는 저렇게 꽃을 피우겠지?'

희주는 벚꽃이 필 땐 부산에 와야겠다고 생각했다. 왕 할머니처럼 툇마루에 앉아 저 꽃을 보고 또 봐야겠다고. 왕 할머니 대신 내가 그렇게 널 바라봐 주겠노라고 희주는 벚나무에게 약속했다.

"엄마, 나 아빠 차 타고 집에 갈래. 큰엄마, 큰아빠 조심히 올라가세요."

희주는 어른들께 인사를 하고는 쌩하니 엄마를 지나쳐 아빠 운전석 옆에 앉았다. 하는 수 없이 엄마가 아빠 대신 기차를 타고 내려온 큰집 가족을 모셔다 드리기로 했다. 엄마는 잠깐 서운한 낯빛을 비추고는 금세 큰엄마에게 웃으며 말했다.

"아우, 재가 저래요, 형님. 공부만 잘하면 뭐 한대요."

"아이고, 그런 소리 마, 동서. 요즘 고등학생들 난리도 아니야. 우리 애들 봐. 공부해야 한다고 이번에 내려오지도 않고, 아마 처박혀서 게임만 하고 있을걸? 희주는 어른 공경할 줄 알고, 싹싹하고, 게다가 공부는 좀 잘해?"

"잘하긴요. 이번에도 그 학원 SKY반 못 들어갔어요. 특별하게 잘하는 것도 없어요. 그냥저냥 남들 하는 만큼 따라가는 거죠. 뭐."

"그 학원 SKY반 들어가기가 얼마나 어려운 줄 알아? 아무튼, 동서는 욕심이 과해. 희주만 한 애가 어디 있다고."

"아휴, 형님이 모르셔서 그래요. 아주 다 늦게 사춘기가 단단히 와서 제가 희주 눈치 보느라 하루도 편한 날이 없다니까요."

"희주 정도는 사춘기 앓이도 아니라니까. 동서는 정말 복에 겨운 줄을 모르더라."

희주는 희주의 행동이 엄마의 눈에, 아니 어른들에 눈에는 그저 철없는 사춘기 아이의 이유 없는 반항으로 여겨지는 것을 이해할 수 없었다. 우리는 어른들의 세상에 눈뜨기 시작하면서부터 상처를 받는다. 어른들이 만들어 놓은 형편없는 기준과 잣대에 억지로 우리를 끼워 넣으려는 것에 답답함을 느낀다. 나를 진짜 나로 봐 줄 생각이 없고 남들에게 보여지는 나로 만들어 가려 하는 어른들에게 신물이 난다.

'엄마도 어른들도 똑같은 상황을 거쳤을 텐데, 왜 달라지는 게 없는 걸까. 나도 결국 저런 어른이 되는 걸까. 그렇다면 차라리 이대로 머물러 있는 게 더 낫지 않을까?'

"희주야. 무슨 고민 있니? 왕 할머니 보내드려서 그런 거야? 얼굴이 너무 안 좋다. 우리 딸."

차 안에서 아빠가 다정히 물어왔다.

"아니. 없어요. 고민 따위."

"왜? 고민은 있으면 좋은 거지. 아무 고민 없이 사는 것보다 훨씬 발전적이잖아."

"고민이 많다고 해서 크게 발전적인 것 같지도 않은데요, 뭐. 엄마를 보나 아빠를 보나."

"허허, 녀석. 희주 눈에 엄마, 아빠가 그리 보였다니 당혹스러운 걸. 아빠가 더 고민해야겠다. 발전적인 아빠로 보이려면."

희주는 그저 싱긋 웃어 보였다.

"희주야. 공부하는 건 너무 스트레스 받지 마라. 아빠 생각은 엄마랑 달라. 공부는 능력껏 성실하게 하면 돼. 결과는 중요한 게 아니거든. 아빠는 희주가 지금도 아주 충분히 잘하고 있다고 생각해. 이건 진심이야."

"알아요. 그래서 제가 아빠 믿고 SKY반에 안 들어가는 거예요."

"허허허, 그래? 다행이네. 그래도 우리 희주가 아빠를 믿는 구석도 있다니."

"아빠……."

"응?"

"엄마한테 좀 잘해 주세요."

"……."

"엄마 보기와 다른 거 아시잖아요. 엄마 정신과 약, 알약이 많이 늘어났어요."

"그렇구나……."

"전 엄마 편을 들겠다는 게 아니에요. 제 눈엔 아빠도 엄마도 다 안쓰러워요. 하지만 우린 가족이니까. 아빠도 엄마를 사랑해서 결혼하고 저를 낳았을 테니까. 아빠가 조금만 더 엄마를 지켜 주면 안 돼요?"

아빠가 운전대를 잡지 않은 한 손으로 희주의 머리를 쓰다듬었다.

"우리 딸이 언제 이렇게 컸지?"

"엄마 병이 좀 나으면, 그때 아빠가 헤어지신다고 하면 저도 동의할게요."

"희주야, 엄마랑 아빠가 헤어질 거라고 생각하니?"

"……."

"걱정하지 마라. 그런 일은 없다."

희주는 운전하는 아빠의 얼굴을 바라보았다. 그 모습이 어쩐지 조금 쓸쓸해 보였다.

창밖엔 봄꽃들이 제법 피어나고 있었다. 찰나에 피고 지기 때문에 더 예쁘다던 벚꽃을 희주는 지기 전에 더 많이 봐 둬야겠다고 생각했다. 하지만 서울이 가까워질수록 피지 않은 나무들이 더 많아졌다.

'서울은 다음 주쯤이나 절정이려나?'

희주는 자신도 모르게 호숫가 근처에서 은채와 꽃놀이를 하던 때를 떠올렸다. 핑크색으로 옷을 맞춰 입고 만난 희주와 은채는 이어폰을 한쪽씩 나눠 끼고 벚꽃을 노래하는 멜로디를 함께 들었었다. 호숫가 한 바퀴를 다 돌 때까지 둘의 수다는 멈춘 적이 없었다. 떨어진 꽃잎을 주워 머리에 꽂고 서로 사진을 찍어 주기도 했었다.

"희주야, 우리 내년에도 또 오자. 학원 땡땡이치고. 어때?"

"당근!"

그때, 희주와 은채는 왕 할머니 말씀처럼 철없는 계집아이같이 까르르 깔깔 참 많이도 웃었던 것 같다. 그 생각에 가슴이 또 저려 왔다.

'우리가 그때로 되돌아갈 수 있을까?'

"윙~ 윙~ 윙~"

"희주야, 전화 오는 것 같은데?"

전화기를 확인하자, 단톡방의 읽지 않은 메시지가 수백 개가 있었고, 그 위로 쉴 새 없이 이야기들이 쌓여 가고 있었다.

'뭐지? 또 무슨 일이 났나?'

희주는 단톡방 메시지를 읽어 내려가다가 가슴이 철렁 내려앉았다.

「어머, 대박. 얘들아, 운동장 좀 봐 봐.」

「헐. 뭐야? 쟤 이태호 아냐? 쟤 뭐 하냐?」

「미친 이태호, 운동장 한가운데에서 1인 시위 중.」

「사진이 전송되었습니다.」

사진 속 태호는 〈교내 데이트 폭력, 최준석을 고발한다.〉라는 팻말을 들고 운동장 한가운데에 서 있었다.

사진을 확인한 희주는 심한 어지러움을 느꼈다.

은채가 끙끙거리며 혼자 해결해 보려 하던 문제, 희주가 별 도움을 주지 못했던, 그러니까 이 사건 본질의 문제가 결국은 태호를 통해 수면 위로 떠오르는 중이었다.

'하아…… 결국은……. 아, 이제 어떻게 되는 걸까?'

희주는 지끈거리는 머리를 한 손으로 누르며 메시지를 마저 확인했다.

「이태호 뭐라는 거니? 은채가 데이트 폭력 피해자라는 거?」

「누구 말을 믿어야 하니?」

「어머, 데이트 폭력이라면…… 준석이가 은채를 때렸다는 거야?」

「에이. 말도 안 돼. 태호 말을 어떻게 믿냐? 누가 여친을 때려?」

「맞아. 게다가 준석이가 은채한테 좀 잘하냐?」

「그러게. 오늘 아침에도 준석이 은채 가방 들어 주던데…….」

「태호랑 은채가 쑈하는 거 아냐? 준석이 두들겨 팬 거로 퇴학당할까 봐?」

「백퍼! 증거가 없잖아. 증거가.」

「증거만 없다 뿐이냐? 도대체 저 말을 누가 믿는다고. 쯧쯧.」

「데이트 폭력 피해자가 양다리를 걸친다? 남친한테 맞았는데,

또 다른 남친을 만들어? 에이~ 상식적으로 앞뒤가 안 맞네.」
「내 말이. 게다가 학교폭력 가해자로 퇴학 위기인 태호가 실컷 패 놓고 인제 와서 데이트 폭력 가해자로 신고한다고?」
「사실이라면 진작 신고를 했어야지.」
「본인이 지금 학교폭력으로 처벌받게 될 것 같으니 괜스레 물고 늘어지는 거 아냐?」
「와우! 저 꼴통 제정신이니?」
「아~ 이태호. 사랑 앞에서 무모하네요. 여자의 말을 다 믿는 건가요.」
「맞네! 은채가 남자 둘을 다 호구로 봤네.」
「와. 이은채 정말 무섭다, 무서워.」
「헐. 대박. 막장도 이런 막장이 없다. 야.」
'하아…….'
희주는 답답한 가슴이 당장 터질 것 같았다.
"아빠! 빨리 학교로 가 주세요. 빨리요!"
이것저것이 뒤엉킨 복잡한 희주의 머릿속으로 단 한 가지만은 명확한 것이 있었다. 교내 데이트 폭력의 진실, 이 꼬이고 꼬인 사건의 본질.
'은채는 피해자다.'

11 춘희/떠나보낸 친구

사랑이 뭔지 몰랐지만, 쉼은 알 수 있었지.

그때가 내겐 쉼이었어. 그 사람과 함께.

영원할 것 같았던 그때가.

하지만 그 쉼조차도 허락되지 않은 이들이 더 많았어.

억울하게도 그들은 쉼 없이 그리 살아 낸 거야.

쉼을 찾은 내게 죄스러움을 안겨 준 채로.

"복규야, 니 에미 잘 부탁한데이. 알긋제?"

몹쓸 병에 걸려 눈을 감으며 그 사람이 복규에게 나를 부탁했다. 삼십 년을 넘게 살았다. 사랑했다고, 사랑한다고 당신만을 그리고 또 그리며 살겠다고. 나는 끝끝내 그 말을 하지 못했다.

"미안해요. 용서해요."

그저 미안하다는 말밖에 제발 용서해 달라는 말밖에는 더 할 말이 없었다. 그이는 죽어 가면서도 내 걱정만 했다. 내 얼굴을 올려다보던 그 눈빛을 잊을 수 없다. 아버지가 눈감던 날 차디찬 손으로 내 머리를 쓰다듬어 주셨을 때의 그 눈빛과 너무 닮아 있었다. 나는 그런 그이의 눈 안에 살면서 끝끝내 내 삶을 고백하지 못했다. 나는 그 사람 앞에 죄인이다. 내 죄를 나는 용서할 수가 없다. 죽어서 또 그이 곁에 함께한다는 것은 너무 염치없는 짓이었다. 그래서 나는 용궁사 앞바다에 뿌려지길 희망했다. 죽어서는 그저 그이를 그리워만 할 참이었다. 그렇게라도 내 죄를 씻지 않을 수 없었으니까.

그 사람과 나 사이에 자식이라고는 복규 하나뿐이었다. 그 사람 피도 내 피도 섞이지 않았으나 우리가 가슴으로 키운 아들, 복규.

그 사람은 나를 대하는 것 이상으로 복규를 끔찍하게 아꼈다. 항구에 들어오는 배에서 종일 짐을 나르고 와 쉴 법도 한데, 온종일 짐을 나른 고단한 어깨에 복규를 태웠다.

나는 그런 그이를 볼 때마다 그이를 닮은 아이를 낳고 싶다고 욕심을 내었다. 하지만 내겐 아이가 생기지 않았다. 그건 당연한 일이었다.

606호 주사.

그곳에서 성병은 잔기침보다도 더 흔한 질병이었다. 하루에도 수십 명의 군인을 상대하며 병에 걸리지 않는 것이 오히려 이상한 일이었을 테다. 나 역시 성병 치료제인 줄 알고 그 주사를 꼬박꼬박 맞았다. 성병을 관리하는 군의관이 오는 날이면 우리는 모두 가슴을 졸였다.

"에잇. 더러운 년."

매독에 심하게 걸려 사경을 오가는 여성을 일본 놈들은 단칼에 베어 버렸다. 오카미상은 끔찍한 버러지를 본 양 그 시체를 뒷마당으로 가져가 불태웠다. 시커먼 연기가 매캐하게 올라왔다.

조선 처녀 하나가 처음으로 그렇게 불에 타 누웠을 때, 순이와 나는 그 아이의 보따리에서 조선에서 입고 온 치마저고리를 가져다 덮어 주었다. 그리고 우리는 소리 나지 않는 울음을 삼키고 또 삼켜야 했다.

우리는 사람이 아니었다. 그저 고장 나면 버리는 노리개였을 뿐이다. 머나먼 타국에서 저렇게 검은 연기가 되어 버리면 영영 고향은 돌아가지 못할 것 같았다. 그래서 군의관이 오는 날이면 나는 꼬박꼬박 줄을 서서 입을 앙다물고 아픈 주사를 맞았다. 내 자궁 안에 새 생명을 담을 수 없다는 것을 모른 채.

내게 아이가 생기지 않았지만, 그이는 단 한 번도 서운한 내색을 하지 않았다. 세월이 한참 흐른 뒤 복규를 장가보내던 날, 나는 그이에게 복규를 내가 품어 낳은 자식이 아니라고 털어놓았다. 그는 놀라지 않았다. 그저 떨리는 내 손을 꼬옥 잡아 주었다.

"내 이미 알고 있었다. 괘안타. 이리 잘 키워가 장가보내 놨으면 된 거 아이가. 그간 고생 많았다. 말해 주어 고맙데이."

하지만 그날 나는 차마 더는 이야기하지 못했다. 지옥 불에서 몸과 마음이 타들어 갔던 그 끔찍한 시간들을 차마 고백할 수 없었다. 순간순간 그때의 악몽이 되살아나고 평생 씻어지지도 덮여지지도 않을 상처였지만, 그 상처를 그이와 나눌 수는 없었다. 그이와 함께했던 그 시간들, 내겐 쉼이었던 그때엔 나는 그저 새로 태어난 춘희로 그이의 여자로 그리 살고 싶었으니까.

그이가 세상을 떠나기 얼마 전, 복규는 아들을 낳았다. 우리에게 손주가 생긴 것이다. 그이는 병색이 짙은 와중에도 그 아이를 안아 보며 활짝 웃었다. 그처럼 환히 웃는 그이의 모습은 정말 오랜만이었다.

"야들아, 고맙다. 이리 떡두꺼비 같은 얼라를 안겨 줘서."

그이는 복규와 복규 처에게 진심 어린 감사를 전했다. 그 모습에 코끝이 찡해졌다.

"아버님이랑 코가 똑 닮았어요."

아들 낳은 자랑을 하려는 듯 싹싹한 며늘아기가 시아버지 앞에 목소리를 키웠다.

"맞나? 어디 보자. 그렇구나. 요 녀석 코끝이 나랑 똑 닮았구나. 허허허."

나는 가만히 고개를 숙이고 발끝을 모았다. 그런 내 손을 그이가 조용히 잡아 주었다. 고개를 들었을 때, 복규와 나는 눈이 마주쳤다. 촉촉해진 복규의 눈을 나는 오래 쳐다볼 수 없었다. 복규도 곧 그이에게로 시선을 돌렸다.

"아부지요."

"와?"

"키워 주셔가 감사합니데이."

"내가 키웠나. 니 에미가 다 키웠제. 니 내 없어도 느그 에미 잘 돌봐 줘야 한다. 아나?"

"걱정 마이소."

"아이고, 아버님. 그런 말씀 마세요. 어서 털고 일어나셔서 요 녀석 장가가는 것까지 보셔야죠."

"그래, 네 말이 맞다. 장가가는 것도 보고 얼라 낳는 것도 봐야겠구나. 허허허."

나는 알 수 있었다. 그이는 내가 숨을 수 있는 커다란 숲이었다. 복규는 내게 샘물이었고. 그들은 내겐 그렇게 은인이었다.

커다란 숲속에서 맑은 샘물을 마시는 넉넉한 '쉼'은 내게만 찾아든 행운이었다. 순이는 그 '쉼'조차 찾질 못한 듯했다.

그날이 언제였는지 나는 정확히 기억이 난다. 복규가 소학교에 가게 되던 날이었다. 아직 해가 지지도 않았는데 평소 술을 즐기지 않던 그이가 얼굴이 달아오를 만큼 얼큰히 취해 돌아왔다.

"복규야~ 우리 복규 어디 있노?"

"아부지~!"

국밥집 가게 앞에 앉아 줄지어 가는 개미를 잡아 모으던 복규가 한걸음에 달려가 그이 품에 안겼다. 그이가 순간 휘청했다. 나는 마른행주에 손을 닦고 말했다.

"복규야, 내려와. 아버지 힘들어."

"괘안타, 괘안타. 내 새끼."

"아부지요 오늘 일 없나?"

"그래, 오늘 배가 안 들어온다 캐서 아부지 일꾼들이랑 막걸리 한잔하다가 내 새끼 보고 잡아서 일찍 들어왔다. 니도 애비 보고 싶었나?"

"응! 이마아아안큼!"

"하하하, 요놈 시키 요거 언제 이리 커가 핵교를 다 간단 말이가. 니 핵교 가믄 공부 열심히 해야 한데이. 그래가 판사도 되고 장관도 되고 저~ 높은 사람 되어야 한데이. 이 김명준이 아들 김복규. 알긋나?"

"응!"

제 이름 석 자도 쓸 줄 모르는 녀석이 힘차게 고개를 끄덕였다. 그이가 그런 복규의 머리를 흐트러뜨렸다. 그 모습을 지켜보던 새엄니가 웃으며 말했다.

"저저저, 새끼가 저리 좋을꼬. 쯧쯧쯧, 내 사위가 저리 팔불출인 기라. 내가 몬산다. 몬살아."

그이는 장모의 소리를 듣는 둥 마는 둥 하고는 복규를 재촉했다.

"복규야, 신 신어라. 가자! 어여 나서라!"

"아부지 어딜?"

"아부지가 우리 복규 선물 사러 갈라 한다. 저짝 시장에 가믄 미제 물건이랑 없는 게 없다 하더라. 우리도 구경 함 가 보자."

그러고는 그가 가마솥을 살피는 새엄니에게 말했다.

"어무이요. 춘희 바람 좀 쐬어 주고 올께예. 야?"

"하믄. 댕기와라. 여 걱정 말고 우리 춘희 구경 많이 시켜 줘라. 쟈는 어째 젊은 아가 콧바람 쐴 줄도 모르노. 쯧쯧."

"와~ 신난다. 어무이요. 가입시데이~."

복규가 내 손을 잡아끌었다. 그렇게 나는 엉거주춤 그이를 따라 나섰다.

국밥집에 들어와 살게 된 이후로 나는 거의 집 밖 출입을 하지 않았다. 세상이 두려웠다. 누군가가 나를 낄낄거리며 음흉스레 쳐다보는 것 같았다.

"화냥년."

그때 내 집 앞에서 아주머니들이 하던 그 말이 여전히 귓가에 맴돌았다. 사람이 많은 곳에서는 조금만 걸어도 울렁증이 일어났다. 가마솥 연기가 뿌옇게 시야를 가리는 가게 안이, 그이와 복규랑 내가 이부자리를 펴고 누우면 딱 알맞은 그 좁은 방이 세상에서 가장 편했다. 내겐 그곳이 그저 바람 쐴 곳이었다. 그러다 가끔 바다를 보러 나갔다. 순이가 말하던 바다. 세상을 다 품어 줄 거라던. 끝도 없이 펼쳐진 바다를 보고 있노라면 아픈 상처가 씻기고 지금의 행복만이 가슴에 차올랐다. 내게는 그것이면 충분했다. 달리 바람을 쐴 곳이 필요치 않았다.

그이를 따라간 시장에는 정말 없는 물건이 없었다. 꼬부랑 글씨가 잔뜩 새겨진 물건들이 사람 키보다도 더 높이 쌓여 있었다. 사람들도 어찌나 많은지 우리는 이리 치이고 저리 치이며 물건들을 구경했다. 그이는 복규를 한 손으로 안은 채 다른 한 손으로는 내 손을 꼬옥 잡고 있었다. 사람들이 힐끗거려 손을 빼내려 했지만, 그이는 아는지 모르는지 더 꼬옥 내 손을 잡았다.

"복규 아부지요. 사람들이 봅니다. 손 놓으소."

"보믄 어떻나. 내 색시 잃어버리는 것보담은 낫지 안 그렇나?

니 여서 길 잃어뿌리면 집은 찾아오겠나?"

"찾아가지요. 제가 얼라입니꺼?"

"얼라 아니었나? 하하하. 내는 얼라인 줄 알았네. 그려."

평소 말수가 적은 그이가 술을 한잔 걸친 탓인지 실없는 농을 건넸다. 나는 그 모습이 싫지 않았다. 그저 좋았다.

"복규야, 니 이게 뭔지 아나? 쪼꼬레뜨. 니 이거 하나 묵어 볼래?"

"응!"

"뭐 하러요. 비쌀 텐데……."

그이는 내 말은 아랑곳하지 않은 채 장사치에게 셈을 치르고 반짝이는 은박지를 조심스럽게 까 냈다.

"아부지요. 이건 뭔 맛이래? 이거이 똥 맛 아이가?"

시커멓게 생긴 모양새를 보고 복규가 잔뜩 인상을 찌푸렸다.

"똥 맛인지 아닌지 먹어 봐야 알제."

그이는 복규 입에 쪼꼬레뜨를 쏘옥 넣어 주고는 내게도 내밀었다. 나는 고개를 흔들었다.

"묵어 봐라. 이게 그리 맛나다 하드라. 자, 어여!"

"와~ 엄니요. 묵어 보소. 이거이 뭔 맛이데이. 마술 맛이다. 어무이요."

내가 계속 절레질을 하자 보다 못한 장사치가 말을 거들었다.

"아이고마. 아지매요. 먹어 보소. 거 아자씨가 아지매 못 멕이면 울겄구만."

나는 귀까지 새빨개진 채로 가만 입을 벌려 그것을 받아먹었다.

"어떻노? 맛있나?"

나는 고개를 끄덕였다. 웃어야 하는데 자꾸 눈물이 고였다.

"와? 맛이 없나?"

"아니요. 너무 맛있어서."

"허허 참, 내 몇 개 더 사 줄까? 이까짓 거이 그리 눈물 나게 맛있나? 요거이?"

나는 손사래를 치며 고개를 돌렸다. 가슴 속에서 풍선 하나가 부풀어 오르는 것 같았다. 이렇게 자꾸 부풀어 오르다 '뻥' 하고 터져 버리면 어쩌나.

한참 동안 시장을 돌았다. 복규는 지치지도 않고 아버지를 이끌었다. 하지만 나는 더는 움직일 수 없었다. 어지럼증이 찾아왔다.

"복규 아부지. 저 요 앞에 잠깐 바람 좀 쐬고 있어야겠어요."

"와? 힘드나?"

"아니, 그냥 조금……."

"복규야, 인제 그만 가자. 어무이 힘들단다."

"싫어! 아부지. 나 쪼만 더 볼래!"

"괜찮아요. 요 앞에 나가 있을게요. 천천히 구경해요."

"알았다. 퍼뜩 가께. 기두리고 있으래이."

"네."

나는 잰걸음으로 시장통을 벗어났다. 등줄기에 식은땀이 흐르고 있었다. 어지럼증이 찾아오고 나면 자꾸만 헛것이 보였다. 시장 안의 사람들이 모두 나를 힐끗거리는 것처럼 보였다. 모두가 나에게 혀를 차는 것 같았다. 그들의 손가락이 다 나를 향하고 있었다.

'화냥년.'

'야. 이 더러운 년아.'

귓가에 맴도는 그 끔찍한 말을 피해 얼마만큼 걸었을까. 그저 사람이 없는 곳으로 조금 벗어나려 했을 뿐인데 정신을 차렸을 때 내 앞엔 요란한 화장을 한 여자가 서 있었다.

"언니, 누구 찾는 사람 있어? 여기 드나들 언니가 아닌데……."

옷을 입은 것인지 벗은 것인지 알 수 없는 처녀가 말을 걸었다. 나는 나도 모르게 뒷걸음질을 쳤다.

"뭐야? 아이, 씨. 재수 없게. 귀신 봤니? 귀신 봤어? 응? 야! 이 년아, 너 이리 안 와?"

"무슨 일이야? 응?"

"아니, 이년이 글쎄 나를 보고는 귀신을 본 마냥 뒷걸음치잖아. 누구 찾는 줄 알고 도와주려 했는데……. 내 꼴이 이러니 이런 년들도 나를 우습게 보네. 아이 재수 없어."

하나같이 도깨비처럼 화장을 한 여자들이 하얀 허벅다리를 내놓고 다가왔다. 나는 눈을 질끈 감았다.

"뭔데? 저년. 지는 고상하다 그거가? 그래서 우리를 벌레 보듯 본다 그거가?"

"허. 저 반반하게 생긴 낯짝을 한번 못쓰게 만들어 봐?"

나는 그저 웅크렸다. 뭐라 대거리를 해야 하는지 아무 생각도 나지 않았다.

"내 친구야. 너희들은 꺼져."

그때, 귀에 익은 목소리가 들렸다.

"뭐야! 비앙카 언니 친구였어? 그럼 그렇다고 말을 할 것이지. 쳇."

내가 고개를 들었을 때 모두가 돌아가고 그곳엔 순이만 남아 있었다.

"수…… 순이야……."

"누구? 나? 나는 비앙카야. 네가 잘못 봤어."

나는 돌아서는 순이의 손목을 잡았다.

"네가……. 순이야, 네가 왜……."

순이는 우는 듯 웃었다.

"왜? 왜냐고? 살라고. 살아 보려니 별거 없더라. 배운 게 이 짓

뿐이잖니.”

“순이야…….”

“가. 나 같은 년이랑 엮이면 너 좋을 거 없으니까. 앞으로 이 근처는 얼씬도 하지 말고.”

“…….”

“춘희야, 나 개성 살던 순이 아니야. 여기 부산서 잘나가는 비앙카야. 그러니 걱정 마. 나 간다.”

“순이야……. 너희 어머니가…….”

순이가 멈춰섰다. 나는 순이가 가 버릴까 봐 재빨리 말을 이었다.

“너 기다리고 계셨어. 매일 밥 한 그릇을 따로 떠 놓고.”

“그래서? 이젠 가 볼래야 갈 수도 없는데, 어쩌라고?”

순이가 붉어진 눈으로 나를 노려봤다.

“순이야…….”

“얘기했지? 개성 살던 순이는 죽었다고. 우리가 어찌 살았는지 알려지면 좋을 거 없어. 너도 마찬가지잖아. 그러니 앞으로 다시는 나 찾아오지 마. 알겠니?”

“순이야. 내가 널 얼마나 보고 싶어 했는데, 어디서 어찌 사나 항상 궁금했는데……. 여기서 이러지 말고 나랑 같이 가자. 응?”

“김춘희, 네 친구 순이는 죽었어. 진작에 저 먼 타국 땅에서 죽어서 영혼도 없이 사라졌다고. 그러니 네 친구 순이라는 년은 저 바다 보면서 그리워하고, 다시는 여기에 얼쩡거리지 마. 그리고 너는 너대로 잘 살아. 더러운 일은 다 잊고. 나 간다."

순이인지 비앙카인지 알 수 없는 그녀는 뒤돌아선 채 손을 흔들고는 어느 작은 가게 안으로 들어가 버렸다.

"오빠~ 브라더. 놀다 가. 내가 잘해 줄게. 응?"

빨간 입술을 바른 여자가 빨간 등불 아래에서 파란 눈을 가진 군인의 팔을 붙들었다. 파란 눈의 군인은 빨간 입술 여자의 하얀 허벅다리를 슬쩍 훑어보고는 그녀를 따라 빨간 등의 가게로 들어갔다.

'순이야, 너는 왜…….'

우리 순이 살아 돌아올 거냐고 묻던 아주머니의 얼굴이 떠올랐다. 어두워진 하늘에 맑은 달이 드리우기 시작했다.

그날 이후로 나는 완월동, '그린 스트리트'라고 불리던 그곳을 쳐다볼 수 없었다.

그렇게 나는 그날의 달처럼 맑았던 순이를 보냈다.

12 희주 / 증인

"이건 명백한 명예훼손이라고요! 우리 준석이가 지금 데이트 폭력 가해자라는 거예요? 저것들이? 말도 안 되는 헛소문이 퍼지고 있는데, 학교에서 이렇게 내버려 둬도 되는 건가요? 네? 뭐라고 말씀 좀 해 보세요!"

희주가 학교 현관을 들어서자마자 준석이 엄마의 목소리가 복도에 카랑카랑 울려 퍼지고 있었다.

교무실 앞은 그야말로 난장판이었다. 여전히 팻말을 들고 눈을 부릅뜨고 있는 태호, 고개를 푹 숙인 채 훌쩍이며 울고 있는 은채, 뻔뻔하게 제 엄마 옆에서 고개를 쳐들고 있는 준석, 그리고 웅성거리며 몰려 있는 아이들과 그런 아이들을 분산시켜 보려는 선생님들, 손수건으로 연신 땀을 닦아 가며 고개를 조아리고 있는 교장 선생님까지……. 그야말로 기가 막히는 광경이었다.

“최준석! 똑바로 말해! 너, 은채 털끝 하나 건드린 적 있어? 없어?”

준석이는 뻔뻔하게 고개를 가로저었다.

“보셨죠? 아니라잖아요. 자, 그럼 이은채! 네가 말해 볼래? 너 정말 우리 준석이한테 맞았니? 정말로 우리 준석이가 널 때렸다는 거야? 증거 있어? 증거를 내놔 봐! 너처럼 똑똑한 애가 남자친구한테 맞으면서도 여태 헤어지지 못하고 붙어 있었다는 거니? 그걸 지금 말이라고 해? 그 말을 도대체 누가 믿겠어? 어?”

“증거는 없어요. 하지만…….”

“됐고! 아니면 너 이 자식! 네가 가지고 있니? 증거? 남의 귀한 아들을 개 패듯이 팬 거로 모자라 데이트 폭력 가해자로 몰아? 내 자식이 여자나 패고 다니는 놈이었으면, 너 같은 놈한테 열 배 스무 배를 더 얻어터지고 와도 내가 참았겠지. 어디서 말도 안 되는 소릴 지껄여? 뭐 해요? 당장 이 아이 부모 불러와요! 아니, 다 필요 없어요! 너는 아무리 네 부모가 와서 싹싹 빌어도 절대 선처 따위는 없어! 당장 퇴학시켜요! 당장!”

잔뜩 흥분한 준석이 엄마는 쩌렁쩌렁 소리를 질러 대고 있었다. 그 곁으로 희주가 성큼성큼 걸어갔다.

"찰싹!"

희주는 제 엄마 옆에서 뻔뻔하게 서 있던 준석이의 뺨을 사정없이 내리쳤다. 뺨에 손바닥 자국이 선명했다.

"어? 어……."

순식간에 일어난 예상치 못한 일에 준석이 엄마는 입을 벌린 채 아무 말도 하지 못했다. 웅성거리던 주위가 순식간에 조용해졌다.

"너…… 너……. 이 계집애가 어디 감히……."

놀란 준석이 엄마가 더듬거리며 입을 뗐을 때, 희주가 눈을 똑바로 뜨고 준석이를 야무지게 노려보며 말했다.

"참으세요, 아줌마. 이 새끼, 여자나 패고 다니는 놈 맞으니까."

희주는 핸드폰을 꺼내 들고는 녹음 파일을 열었다. 희주와 준석이의 통화 내용이었다. 모두가 통화 내용을 듣기 위에 숨죽였다.

"희주야, 내가 정말 잘못했어. 다시는 그런 일 없을 거야. 그러니까 은채한테 헤어지지 말라고 네가 잘 좀 말해 줘. 응? 제발 부탁이야. 나 은채 없으면 살 수 없다니까."

"너 이번이 몇 번째인 줄 알아? 은채가 그렇게 좋다면서 왜 툭하면 뺨 때리고, 손에 잡히는 대로 집어던지고, 욕지거리에……. 이젠 하다하다 은채 머리채를 잡아? 네가 사람이니?"

"나도 내가 왜 그랬는지 모르겠어. 은채가 자꾸 헤어지자고 하니까 너무 화가 나서……. 내가 미친놈이야. 내가 정말 잘못했다니까."

"긴말할 것 없어. 나 은채가 너랑 사귀는 거 처음부터 싫었어. 나도 더는 안 참을 거니까 헤어져. 당장!"

"이러지 마, 희주야……. 내가 정말 돌았었나 봐. 이놈의 손모가지를 내가 확 잘라 버릴까? 그러면 내 말을 믿어 줄래? 진짜 내가 어쩌자고 은채한테 그렇게 몹쓸 짓을 했을까……. 희주야, 정말 후회하고 있어. 이번엔 정말이라고."

"최준석. 너 은채 정말 좋아하면, 헤어져. 그럼 지금까지 있었던 일 다 덮어 줄 테니까."

"희주야…… 나 은채 없으면 못 살아. 은채랑 헤어지면 나 정말 죽어 버릴 거야. 정말이야. 학교 옥상에서 떨어지든, 한강에 가서 빠져 죽든…… 은채랑 헤어지면 정말 죽어 버릴 거라고! 내가 정말 죽어 버리면, 마음 약한 은채가 행복하게 살 수 있을 것 같아?"

"준석아, 너 제발 정신 좀 차려. 내 말 잘 들어. 은채 너 만나고 나서 너무 힘들어해. 너 정말 은채 좋아하면 인제 그만 놔줘."

"아냐, 나 이제 정말 은채한테 잘할 수 있다니까. 은채 행복하게 해 줄 수 있다고. 맹세할게. 다시는 때리지도 않을 거고……. 희주야, 내가 정말 이번 일만 잘 넘어가게 해 주면…… 이 은혜는 꼭 갚을게. 맞다! 너 신발 사이즈 몇이니? 이번에 나온 명품 운동화 내가 그거 하나 사 줄까? 은채랑 같이? 그래, 그거 좋겠다. 너희 우정 신발 내가 맞춰 줄게. 어때?"

"와~ 이 새끼 이거 완전 쓰레기네. 돈이면 다 되는 줄 알아? 너 이번에 곱게 안 헤어지면, 은채가 아무리 말려도 내가 너 반드시 신고할 거야! 그러니까 다시는 은채 곁에 얼씬도 하지 마!"

"아 제기랄. 말 더럽게 안 통하네. 야! 김희주! 네가 뭔데? 어? 야! 이 미친년아! 이게 정말 보자보자 하니까……. 좋게 말로 해결하려고 했더니…… 몇 대 때린 거 가지고 신고? 그래! 신고해! 하라고! 우리 엄마가 너를 가만 놔둘 것 같냐? 너도 앞으로 나 피해 다녀라. 눈에 띄면 둘 다 죽여 버릴 테니까. 나 무서운 거 없다. 알겠냐?"

희주는 재생 버튼을 멈추었다. 그러고는 벌어진 입을 다물 줄 모르는 준석이 엄마를 향해 쏘아붙였다.

"더 듣고 싶으세요? 최준석, 그러니까 아줌마의 귀한 아드님은 태호한테 열 배 스무 배를 더 얻어터져도 싼 놈 맞거든요. 이제 아시겠어요?"

넋을 잃은 듯한 준석이 엄마가 그 자리에 털썩 주저앉았다.

"엄마, 잘못했어요. 엄마. 그러니까 저 계집애가 자꾸…… 엄마, 죄송해요. 엄마!"

준석이가 제 엄마 앞에 무릎을 꿇고 싹싹 빌기 시작했다. 눈물까지 뚝뚝 흘리며. 은채가 자주 봤다던 바로 그 모습이었다.

"찰싹!"

준석이 엄마가 준석이의 다른 쪽 빰을 사정없이 내리쳤다.

"너…… 너 이 자식…… 어디서 배울 게 없어서……."

준석이 엄마가 헛소리하듯 웅얼거렸다.

"헐. 대박."

"와우! 이거 지금 실화냐?"

"와, 저 병신 같은 새끼. 걔 좀 봐. 지금 누구한테 사과해야 하는 건지 모르나 봐."

"불쌍하다. 불쌍해. 아휴. 쯧쯧."

"불쌍하기는 야. 그나저나 은채 어쩜 좋니. 그동안 마음고생이 심했겠어."

"그러게 말이야. 태호가 이번엔 불뚝거리는 성질 제대로 썼다. 야."

"이은채 정말 미련하게 착한 거 아냐? 아우, 불쌍해서 어떻게 해."

조용하던 아이들이 수군거리기 시작했다. 희주는 그런 친구들을 맥없이 바라봤다.

'하아……. 함부로 떠들어 댄 너희들은? 너희들도 똑같은 가해자야!'

"희주야…… 어어어엉. 으흐흐흑 엉엉엉."

은채가 희주에게 다가왔다. 훌쩍거리던 은채가 희주를 덥석 끌어안고는 갑자기 큰 소리로 엉엉 울기 시작했다. 희주는 그런 은채가 안쓰러웠다. 비록 용서할 수는 없다고 해도.

"그만 울어. 너는 아직도 눈물이 남았니?"

"희주야, 나 너무 무서웠어. 으흐흐흑. 엉엉엉."

"네가 무서울 게 뭐 있니? 죄지은 놈이 무서워야지. 넌 아무 잘못 없어. 재수 없게 똥 밟은 거지. 그만 울어!"

그런 희주를 태호가 바라보며 웃었다. 태호와 눈 마주친 희주도 씁쓸히 웃었다. 심장 한가운데를 매서운 바람이 뚫고 지나는 것 같았다. 가슴이 매큰하고 시큰했다. 하지만, 이제는 다 끝난 일이다. 희주는 희미하게 알 것 같았다. 왕 할머니가 말씀하셨던 '용서해야 할 때'가 지금이라는 것을. 지금 이때를 놓치면 영영 또 다른 때를 찾지 못하게 될지도 모른다는 것을.

"계집애. 그래도 뭐……. 인제 보니 남자 보는 눈이 영 없지는 않네. 이은채."

희주는 들썩이는 은채의 어깨를 가만히 안아 주었다. 그제야 며칠 동안 참아 냈던 뜨거운 눈물이 희주의 볼을 타고 흘러내렸다. 멈출 줄 모르는 눈물은 그렇게 희주를 달래고 또 달래었다.

13

춘희 / 기다림의 시간

이제는 몇이나 남았을까. 그들을 용서할 수 있는 자가.

이제는 누가 용서할 것인가. 그들이 용서를 빈다 한들…….

삶에는 다 때가 있는 것이라오.

그 때를 놓치고 나면 또 다른 때가 올 때까지

하염없이 그저 기다려야만 하지.

그 기다림은 어쩌면 영영 애만 태우고,

끝끝내 돌아오지 않을 수도 있다오.

지난겨울 또 한 명의 위안부가 세상을 떠났다. 나는 그날 물 한 모금도 넘길 수 없었다. 이렇게 숨어 사는 죄책감 때문에.

“어무이요. 와 그라십니꺼? 어데가 불편하십니까?”

“아이다. 괜찮다. 신경 쓰지 마라.”

“아이고. 워째 오늘 아침부터 아무것도 못 드십니꺼? 병원에 가 보입시다. 채비 하이소.”

“복규야, 나는 괜찮다. 내 병은 내가 더 잘 안다. 며칠 지나면 괜찮을 테니 수선 떨지 마라.”

나는 그저 돌아누웠다. 아들 내외를 걱정시키고 싶은 마음은 아니었지만, 오늘 내 위장에 무언가를 꾸역꾸역 집어넣는다는 것이 너무 죄스러웠다.

삼십여 년 전이었다. 내 또래의 한 여자가 텔레비전에 나와 고백했다.

“나는 일본군대 위안부로 강제로 끌려갔던 사람입니다.”

일본은 끝끝내 있었던 일을 없었던 것으로 만들고자 했다. 하늘이 내려다보고 있었던 일을 어찌 제 눈만 가리고 모르는 척한단 말인가. 괘씸했다. 그 뻔뻔함에 치가 떨렸다. 나는 수시로 명치 끝에서 뜨겁게 달궈진 돌멩이가 목구멍으로 치받쳐 오르는 고통을 느꼈다. 하지만 나는 그저 숨죽여 그 화를 조용히 삼킬 뿐이었다. 하지만 그이는 그 억울한 분노를 세상 밖으로 던져 내었다. 참으로 대단한 용기를 낸 것이다.

나는 그날 텔레비전에서 본 그이의 얼굴을 잊지 못한다. 주름이 파이기 시작한 얼굴에는 고스란히 그 쓰라린 상처가 드러나 있었고, 파르르 떨리는 손과 입술에서는 뜨거운 분노가 담겨 있었다. 중간 중간 손수건으로 찍어 내던 눈물은 피 흘리는 억울함이었으리라.

그리고 나는 그 얼굴에서 열일곱 살 소녀의 얼굴을 보았다. 몸과 마음이 갈가리 찢겨 고통스러워하는 소녀의 얼굴을. 그 소녀는 바로 나였다.

다 묻은 채 살아왔다고 생각했는데 하나도 묻히지도 지워지지도 않았다. 개성 살던 열일곱 살 소녀 춘희는 그렇게 여전히 고통스럽게 내 안에 살아 있었다.

그날 그이는 나 대신, 순이 대신, 죽은 꽃분이 대신 그렇게 용기를 내어 고백했다. 그리고 이후로 많은 이들이 한 사람 한 사람 자신을 드러내고 참혹한 순간들을 생생히 증언했다. 그렇게 우리의 사연은 세상에 알려지기 시작했다. 하지만 그들의 사연이 세상에 알려질 때마다 나는 몸을 움츠렸다. 나를 향한 모든 시선이 독바늘인 것 같았다. 참으로 고통스러웠다.

'개성 살던 춘희는 오래전 중국에서 죽었다. 나는 국밥집 막내딸 복규 에미다. 나는 춘희를 모른다. 나는 그저 부산서 살아온 복규 에미란 말이다.'

나는 무서웠다. 오랜 삶 속에 그저 꼭꼭 숨겨 둔 개성 살던 춘희를 이제 와 다시 끄집어내는 것이. 부산에서 새로 시작한 내 삶과 내 가족들을 모조리 다 허깨비로 만들어 버릴 수는 없었다. 결국 나는 진짜를 버렸다. 드러내야 하는 진실 앞에서 그저 허깨비를 붙들었다. 맞다, 나는 비겁했다. 그런 나의 비겁함이 끝내 내게서 그들과 같은 용기를 거두어 갔다.

비겁한 나는 그저 하루빨리 일본이 무릎을 꿇고 사죄하기만을 기다리고 또 기다렸다. 저리 생생한 증언들이 살아 있으니 이제 더는 거짓말을 하지 못하리라 생각했다. 하지만 그들은 참으로 독했다. 나는 그 모습을 지켜볼 때마다 가슴이 시커멓게 타들어 갔다.

그렇게 첫 증언이 있고 난 뒤로 삼십여 년이 흘렀다. 그들은 이제 늙고 병이 들었다. 그리고 하나둘씩 세상을 떠나기 시작했다. 여전히 사과를 받지 못한 채로. 그렇게 용서하지 못한 채로.

몇 해 전 부산에 위안부 피해를 상징하는 '평화의 소녀상'이 세워졌다고 했다.

일본 영사관 앞에 세워졌는데 이리저리 옮겨지고 모진 수모를 당하기도 했단다. 나는 어느 날 아침 일찍 홀로 그곳을 찾았다. 아직 내 두 발로 걸을 수 있을 때 한번 다녀와 봐야겠다 생각했다. 아직 내 기억이 단정할 때에.

내가 그곳을 찾았을 때, 그곳엔 단발머리의 소녀가 치마저고리를 입고 앉아 있었다. 나는 그 앞에 한참을 서 있었다.

'이보시오. 정말 미안하오. 내는 이리 비겁하오. 비겁하고 비겁하게 내 혼자만 이리 숨어 있어서 정말 미안하오. 나는 개성 살다 모진 곳에 끌려갔다 온 춘희가 아니라, 부산 국밥집 막내딸 춘희로 그리 살아왔단 말이오. 아들도 며느리도 손주들도 진짜 나를 모르오. 그들 앞에 진짜 나를 끄집어내 보여 줄 자신이 없소. 나는 차마 그 용기를 낼 수가 없소. 미안하오. 정말 미안하오. 나는 그냥 이리 숨어 살다 가면 안 되겠소? 부디 이런 나를 용서치 마시오.'

나는 그 자리에 선 채로 빌고 또 빌었다. 미안하다고. 잘못했다고. 하지만 용서해 달라는 말은 하지 않았다. 그이들에게 어찌 내 용서까지 바랄까. 차마 그럴 수는 없었다.

그 단발머리의 소녀는 두 주먹을 꼬옥 쥐고 있었다. 나는 조심스럽게 그 손을 잡았다. 차디찬 손은 한 손에 잡힐 만큼 작고 고운 손이었다. 소녀상의 벗은 발 아래에는 따뜻한 신발이, 단발머리 위에는 털모자가, 얇은 치마저고리 위에는 누군가가 둘러 준 따스운 목도리가 있었다.

나는 안다. 일본군 성노예였던 이들이 하나씩 눈 감을 때까지, 내가 이렇게 한 줌 재가 되어 바다에 흩날릴 때까지 그들은 사과하지 않았지만, 그 고무신과 털모자, 목도리를 둘러 주었던 이들은 언젠가 꼭 그 사과를 받아 내리라는 것을.

우리가 다 죽고 난 후에도 그들이 꼭 그리해 주리라는 것을. 그날이 언제가 될지는 알 수 없지만 말이다.

그날 소녀상을 만나고 지친 몸으로 집에 돌아왔을 때, 복규는 사색이 되어 있었다.

"어무이요! 아이고 어무이요! 어디 다녀오셨습니까? 말도 없이. 얼마나 찾았는지 아십니까? 예?"

"미안타. 내 어딜 좀 다녀오느라."

"말씀하셨어야지요. 제가 모셔다 드렸어야 했는데……. 어데 다녀오셨는데요? 예?"

"저기……. 친구 좀 만나고 왔다."

"친구요?"

"응. 아주 오래된 친구를 보고 왔어."

친구들. 그래, 이제는 아픈 나의 친구들이 몇이나 남았을까.

꽃분이도, 나도, 어쩌면 순이마저도 이렇게 그저 머물러 기다리다 지쳐 떠나가는데, 남은 이들은 또 얼마나 더 기다릴 수 있을까.

나는 용서하지 못한 죄, 그리고 용서받지 못한 죄를

다 떠안고 이렇게 세상을 떠나오.

그래서인가 보오.

살랑 부는 바람에도 휘청거리는 이 연약한 날개가
내게 이리 무겁고 또 무거운 것을 보면.
나는 무거운 날갯짓으로 더 멀리 더 멀리
저 바다를 향해 날아오르오.
저 푸른 바다의 품으로, 나의 어린 복규에게로.
나 이제야 이렇게 돌아간다오.

14 희주/고백

그날 저녁, 준석이 부모님은 준석이와 함께 은채네 집을 찾아갔다.

"정말 죄송합니다. 자식을 제대로 키우지 못한 저희 잘못입니다. 죄송하다는 말씀밖에는 입이 열 개여도 더 드릴 말씀이 없습니다. 은채야…… 정말 미안하구나."

항상 화려하고 도도하던 준석이 엄마와 세상 무서울 것 없었던 검사 출신 변호사 준석이 아빠가 무릎을 꿇고 사죄했다. 그 모습을 보며 준석이는 고개를 들지 못했다.

준석이 부모님은 어떠한 벌이든 달게 받겠다고 했지만, 은채는 태호의 폭력을 더는 문제 삼지 않는 조건으로 준석이를 또 한 번 용서해 주었다. 이번만큼은 준석이의 사과가 진심일 것이라고, 정말로 후회의 눈물을 흘리는 것이라고 믿고 싶었다.

그날 이후로 모든 것은 제자리를 찾았다.

준석이는 멀리 전학을 하였다고도 했고, 아예 외국으로 유학을 할 준비를 하고 있다고도 했다. 태호도 별일 없이 학교에 나오고 있었고, 수척했던 은채의 얼굴도 조금씩 밝아지고 있었다. 다른 아이들은 모두 시험 준비로 정신이 없었다.

희주도 서둘러 제자리를 찾고 싶었다. 하지만 희주의 마음은 좀처럼 잔잔해지지 않았다. 희주는 은채를 용서하고, 미움을 떨쳐내려고 애썼지만 쉽지 않았다. 인간이 가진 모든 감정이 그렇게 마음먹은 대로 깔끔하게 정리되는 것은 아니었으니까. 때때로 여전히 감정이 뒤틀렸다. 그렇게 불쑥불쑥 치솟는 감정이 희주의 선한 의지를 짓이겼다.

아무래도 아무 일도 없었던 때로, 은채와의 관계가 예전처럼 완전히 돌아갈 수는 없을 것만 같았다. 한 번 벌어진 틈을 다시 메꾸기는 쉽지 않았고, 또 애써 메꾼다고 하여도 이내 벌어져 버릴 것만 같았다. 그런 생각이 들 때면, 희주는 차라리 다 놓아 버리고 싶기도 했다. 어쩌면 여기서 은채와의 우정을 묻어 버리는 편이 더 나을지도 모르겠다고 생각했다. 하루하루 애를 써야 하는 이 과정이 너무 힘들고, 우리가 이렇게 불편해진 것이 참 끔찍하다고. 하지만, 그럴 때마다 은채는 지치지 않고 다가왔다. 웃는 얼굴로 온 마음을 다해서. 그 마음은 희주에게 와 닿았고, 지칠 줄 모르는 은채의 그 노력이 둘의 관계를 조금씩 제자리로 돌려놓고 있었다. 서로가 위안이 되던 그때로. 비밀을 공유하지 않아도 그저 다 받아 줄 수 있었던 그 친구의 곁으로. 조금은 더 성숙해진 모습으로.

사실, 희주에게 가장 힘든 것은 은채가 아니라 태호를 향한 감정을 정리하는 것이었다. 어느 날 느닷없이 찾아온 사랑의 감정이 어느새 이리 커다란 자리를 차지했는지 희주는 도무지 이해할 수 없었다.

"희주야, 나 오늘은 꼭 네게 말을 해야겠어. 사실…… 나랑 태호랑 말이야……."

"잠깐만. 은채야, 너 배 안 고프니? 떡볶이 먹으러 갈까? 우리 그 얘기는 나중에 하자."

희주는 아직은 둘의 이야기를 들어 줄 준비가 되지 않았다. 대수롭지 않게 '아, 그랬었구나.' 하고 웃으며 은채의 이야기를 들어 줄 자신이 없었다.

'고백도 못 한 그깟 짝사랑이 뭐라고. 김희주, 제발 좀 쿨해질 수는 없는 거니?'

희주는 자신의 모습이 유치해 보여 화가 났다. 하지만 희주에겐 그깟 짝사랑도 첫사랑이었으니까. 누구에게나 첫사랑은 사실 오랜 가슴앓이가 필요한 법이니까.

혀 안이 얼얼해질 정도로 매운 떡볶이를 쉬지도 않고 몰아넣는 희주를 은채는 한동안 가만히 바라봤다.

그날 저녁, 학원 보충 수업을 마치고 집으로 돌아가는 길에 희주와 은채는 아파트 사잇길에 있는 놀이터 앞에서 멈추었다. 그러고는 누가 먼저랄 것도 없이 나란히 그네를 탔다. 날은 이미 어두워져 있었다.

"아우. 차라리 내일 시험을 한 번에 다 봐 버리면 좋겠어. 이놈의 학원 보충도 정말 지긋지긋하고. 안 그래?"

"안 돼! 나는 내일 시험 보면 백지 내야 할 판인데? 시험 범위는 또 왜 이렇게 넓냐."

"정말 징글징글하다. 시험도 대학도. 그게 뭐라고 이렇게 아까운 우리 청춘의 시간을 저당 잡혀야 하는 건지 모르겠다."

둘은 번갈아 한숨을 내쉬며 한참 동안 그렇게 삐걱거리는 그네를 탔다.

"근데, 희주야. 너 시험 끝나면 뭐 할 거야?"

"글쎄……. 아직 별 계획 없는데? 너는?"

"콘서트 어때?"

"무슨 콘서트?"

"글쎄…… 무슨 콘서트일까나……. 김희주, 너 놀라지 마라! 짜잔!"

은채가 가방에서 희주가 좋아하는 아이돌 그룹의 콘서트 티켓을 꺼내 흔들었다.

"헐! 대박! 너 이거 어떻게 구했어? 나는 접속하자마자 매진이던데?"

놀란 희주가 그네에서 벌떡 일어나 은채의 손에서 티켓을 뺏어 들었다.

"내가 누구니? 광클릭으로 겨우 딱 두 장 구한 거야, 이거."

"와~ 이은채 대단한데! 나 완전 포기하고 있었는데……. 너 이거 나랑 같이 보는 거지? 응? 이건 진짜 양보 못 한다. 약속해! 빨리 대답해!"

"아휴. 그렇게 좋니? 그래, 그래. 알겠어. 그 티켓 너한테 맡길게. 시험 끝날 때까지 잃어버리지 말아라! 알겠지?"

"당연하지! 이거 꿈 아니지? 내일 아침에 사라져 버리는 거 아니겠지?"

"으이그. 베개 밑에 넣어 두고, 화장실 갈 때도 가지고 다니겠네."

"그거 좋은 방법이다."

"맙소사. 그나저나 너무 늦었다! 나 먼저 갈게! 내일 봐! 안녕!"

"어! 그래! 잘 가~ 땡큐! 이은채!"

희주는 은채에게 대충 손을 흔들어 인사를 하고, 콘서트 티켓 겉봉투에 쪼옥 뽀뽀를 하고는 가슴에 품었다. 우리 오빠들의 콘서트를 위해서라도 이번 시험을 정말 잘 봐야겠다고 생각하며 희주는 봉투를 열어 티켓을 확인했다.

'툭.'

티켓과 같이 들어 있던 작은 종이가 바닥으로 툭 떨어졌다.

'뭐지? 이건?'

「2016년 3월. 새아빠, 새오빠와 함께. 새로운 우리 가족, 꽃길만 걸어요.」

은채네 가족사진이었다.

'은채와 은채 엄마, 이분은 아빠? 그리고……. 어라? 태호? 이태호? 태호가 왜?'

'아……!'

희주는 짧은 탄식을 내질렀다.

사진 뒷면에는 익살맞은 이모티콘을 그려 넣은 메모가 함께 붙어 있었다.

「김희주! 콘서트는 우리 새오빠랑 가. 우리 새오빠 이태호 군도 네 얘기 많이 했었어. 암튼 둘 다 보는 눈이 높아도 너무 높아!」

멍하니 사진을 바라보는 희주의 머리 위로 연분홍 꽃잎이 떨어지고 있었다. 철없는 계집아이의 웃음소리가 그렇게 흩날렸다.

에필로그

저 뒤에 우리 복규 뒤에 서 있는 아이가 내 증손녀 희주라오.
내 뼛가루가 바람에 흩날리는 것을
저리 애달프게 바라보고 있는 아이.
내 꽃 같은 아이.

저 아이는 아직 모르오.
생채기가 나고 그 생채기가 또 덧이 나고
그렇게 굳은살이 생기다 보면
저 아이가 고집스럽게 버티며 내딛고 싶어 하지 않은
어른들의 삶에 어느새인가 들어가게 된다는 것을.

세월이 그런 것이라는 것을.

저 아이를 보고 있자면

저 아이의 머리를 쓰다듬고 있자면

한겨울에도 꽃비가 흩날리는 소리가 들렸소.

그렇소.

저 아이가 꽃이오.

작가의 말

지난해 겨울 또 한 분의 위안부 할머니가 세상을 떠나셨습니다. 끝끝내 사과를 받지 못하고, 또 용서도 하지 못한 채 이 한 많은 세상을 떠나셨지요. 한 분 한 분 그렇게 세상을 떠나실 때마다 조바심이 생깁니다. 되돌릴 수도 붙잡을 수도 없는 시간에 화도 나고요. 그저 긴 한숨만 새어 나왔습니다.

'할머니, 인제 그만 편히 쉬세요.'

가만히 눈을 감고 기도했습니다. 세상을 떠난 할머니가 작고 예쁜 한 마리 나비가 되어 훨훨 날아오르는 모습을 그려 보았지요. 따뜻했던 고향으로, 잃어버렸던 가족의 품으로, 더 편안하고 행복한 세상으로 그렇게 훨훨 날아가시길 바라고 또 바라면서요.

그런데 어쩐지 나비가 되었다 하여도 그 날갯짓이 할머니에게는 여전히 힘겨울 것 같았습니다. 할머니가 혼자 여전히 무거운 날개를 아주 힘겹게 버티며 날고 있을 것만 같았거든요.

그러던 중 뉴스에서 〈평화의 소녀상〉을 조롱하는 청소년들의 사진을 보았습니다. 〈평화의 소녀상〉에 침을 뱉고 훼손하고, 심지어 차마 표현할 수 없는 자세로 사진을 찍는 모습이 담겨 있었지요.

그 사진을 보고 한동안 아무 일도 손에 잡히질 않았습니다. 그리고 얼마 후 이 소설을 쓰기로 마음먹었습니다. 신출내기 작가가 감당하기엔 무거운 소재라 걱정도 많이 되었지만, 그냥 이야기를 나누고 싶었습니다. 이 땅의 어린 친구들과 이 땅의 청소년들과 그리고 이 땅의 당신과 이야기를 나누고 싶었습니다. 나비가 된 위안부 할머니의 무거운 날갯짓에 대해서. 그리고 오늘을 살아가는 우리에 대해서.

우리는 누군가 실수로 내 옷에 김칫국물을 튀겨도 화가 나고, 종업원이 잘못 계산한 껌 한 통도 기어이 묻고 따져 제대로 받아내야 직성이 풀리지요. 그런데 삶을 송두리째 빼앗긴 채 살아온 위안부 할머니의 그 큰 아픔과 억울함을 우리가 감히 헤아릴 수나 있을까요. 그런데요, 사실 그 아픔과 억울함은 할머니의 것만은 아니잖아요. 저는 그것을 이야기하고 싶었습니다. 그것은 우리의 것이기도 하다는 것을요. 이 땅의 아픈 역사이고, 우리는 오늘 이 땅 위에서, 그 역사 안에서 살아가고 있으니까요.

춘희와 희주 그리고 우리가 어제와 오늘 그리고 내일을 혼자가 아닌 '함께 살아가고 있음'을 기억했으면 좋겠습니다. 꽃과 나비처럼요.

이 책은 제가 등단 후 세상에 내어놓는 첫 책입니다. 그러다 보니 출판을 코앞에 두고 '작가의 말'을 적어 내려가고 있는 지금, 솔직히 설렘보다는 두려움이 무척 크네요. 제가 나누고자 했던 이야기들이 부족한 작가의 손끝에서 어설프게 풀려 나간 것은 아닌지 걱정도 되고, 이 땅의 청소년들과 그저 조곤조곤 이야기를 나누고 싶었던 것뿐인데 행여 잔소리꾼 어른처럼 보이진 않을지 마음도 쓰입니다. 하지만, 응원해 주시고 도움 주신 많은 분의 기대에 힘입어 봅니다.

내 가족들과 친구들에게 무한한 사랑을 전하며, 첫 책을 품에 안게 해 주신 가치창조출판사 대표님과 관계자분들께 감사의 인사를 전합니다. 그리고 마지막으로 제 기도가 마법처럼 이루어져 이 책이 세상에 나올 수 있도록 해 주신 신께 진심으로 감사드립니다.

민경혜